JN056452

プロローグ

僕の恋人がよく口にする言葉がある。

「早く大人になりたい」

彼女の容姿は贔屓目抜きに見ても洗練された可憐さを持ち合わせている。生まれつき明るめの色の長い髪が風になびくさまは、まるでシャンプーの広告を思わせた。性格は確かに少し嫉妬深いところがあるが、それ以外は同年代の女子と比べて幼いというわけでもない。

きっとそれは彼女の向上心の強さなのだろう。僕は彼女のそういうところを尊敬している。だから彼女に告白された時、ほとんど考える事もなくその申し出を受け入れた。

つまり付き合いだした当初に僕が彼女に抱いていた気持ちは恋愛感情とは少し異なっていた事になる。

しかし尊敬は敬愛に。そして敬愛はすぐに愛情へと移り変わっていった。今では僕が彼女の横顔をなにげなく追う事が多い。

桐乃夏凛。

それが僕の恋人の名前である。

名は体を表すというが、どちらかといえば彼女に似合う季節は冬だと勝手に思っている。厳しい寒さの中、降り積もる雪などなんのそのと力強く咲き誇る花。

「単に冷たくて素っ気ないからそう思うだけじゃねーの？」

中学からの友人、中垣寛治はそう指摘する。

「夏凛がそんな態度を見せるのは幼馴染の寛治に対してだけだよ」

僕はそう反論する。

確かに夏凛は常よりもやや人付き合いはドライな気がする。しかしそれはよく知らない間柄での話であって、仲が深まれば深まる程に彼女の情の深さに気づかされる。なにより彼女の手の平が温かい事は、僕がこの世界で誰よりも知っているのだ。

彼女が僕のどこを好きになってくれたのかは実のところ謎に包まれている。例えば寛治は平均的な身長である僕よりも一回り大きく、運動も得意で、性格も気持ちの良い日本晴れのような男だ。当然異性同性問わずに人気がある。そういう人間がモテるのはわかる。だから僕は一度夏凛に尋ねてみた事があった。

「寛治とは幼稚園から一緒なんだよね？」

「そうね」

「そんな長い間一緒にいて、彼に男としての魅力を感じた事は無いの？」

今思うとデリカシーの無い問いだったと反省している。

ともかく夏凛は端正な目鼻立ちを苦虫を噛み潰したような表情で濁して舌を出した。

「うげっ。冗談でもやめてよね。気色が悪いったらない」

夏凛は続けて言う。

「あいつったら幼稚園の砂場で遊んでるあたしの背中に毛虫を入れたのよ？　もうそれ以来あいつの顔を見

ると苛立ちしか湧かないんだから」

「夏凛が寛治について語るエピソードは他も似たようなものですね」

「ふふ。あの二人らしいじゃない」

お淑やかに笑うのは西原涼子先輩。

寛治と恋人関係にある、僕らとは一つ学年が上の先輩である。

大人っ『ぽい』だとか大人『びた』とかいう言葉が陳腐になるほど、その成熟された容姿や懐の深い物腰は一学年以上の差を感じさせられる本物の『大人』だ。

黒いボブヘアーに、包容力のありそうな目尻がやや垂れた大きな瞳。いかにも気が強そうな夏凛とはまた違った独特の目力を持っている。

ただの推測だけれど、夏凛の「早く大人になりたい」という口癖は彼女が涼子先輩に憧れているからではないか、と考えている。

「なんであんな素敵な人が寛治なんかと……」

夏凛はよく不思議そうにそんな事を言うからだ。

「ああ見えて可愛いところあるのよ。ね？　トモ君」

夏凛が訝しんでいると、涼子先輩はそうやって僕に理解を求めてくる。

彼女の上目遣いはどこか妖艶で、まるで魔女のようにミステリアスだ。そんな雰囲気に気圧されて僕は無難な返答しかできない。

「そうかもしれませんね」

「ま、夏凛ちゃんはトモ君以外の男の子なんて眼中にないんだろうけど」

「そ……それは……当たり前じゃないですか……」

夏凛は顎（あご）を引くと頬を赤らめてモニョモニョと小さな声で言った。

その様子を見て寛治が腹を抱えて笑う。

「だーはっはっは。あの夏凛が恥じらってやがる！　お前も乙女だったんだな！　あぁん？」

夏凛は黙って寛治の太ももの裏に膝蹴りを喰らわせる。

「なにすんだこのアマ！　今度は背中にムカデ入れたるぞ」

夏凛はその言葉を無視して、ツンと明後日の方向を向いている。

「まぁまぁ」

「はい。どーどー」

僕と涼子先輩はもはや阿吽（あうん）の呼吸で犬猿の仲の二人の間に割って入る。

この二人は普段からこうなのだ。かといって本気で仲が悪いわけでもない。兄妹のように育ってきた二人なので互いに遠慮が無いだけなのだ。

僕らの学校帰りは大体いつもこんな感じである。

なんとなくグループ交際のような体になっているのは、僕と夏凛がくっつくのを寛治と涼子先輩が陰ながら応援していてくれた影響だけではない。

僕らはこの四人組がとても居心地がいいと感じていたんだ。

皆でワイワイとオレンジ色が照らす道を歩いていく。

僕はこのままもう少しだけ子どものままでいたかった。

でも心と身体は勝手に成長して、新しい事にも興味を抱いて挑戦をしたがる。

その結果、大きな怪我をしても僕らは何度でも立ち上がるだろう。

「なぁ。トモは将来何になりたいんだ？」

寛治が何の脈絡も無く聞く。

「トモはね、植物学の学者さんになりたいんだから」

僕が答える前に夏凛が我が事のように胸を張って答えた。

「お前には聞いてねぇよ」

「あんたみたいな頭の中まで筋肉な男とは違うのよ」

「いいんだよ。俺はその辺涼子とバランス取ってんだから」

寛治は体育教師への道を目指し、涼子先輩は医学部に進む事が決まっている。

「あんたね、ちゃんと涼子先輩って言いなさいよ！　なんかむかつくのよ！」

「もう三年も付き合ってんだからタメ語でいいだろが！」

二人は一通り言い合うと、寛治は夏凛に問うた。

「大体お前はどうすんだよ。俺らの中で進路が決まってないのお前だけだろ」

「あたしは……」

そう言って黙り込んでしまう。

大人になりたい。

そうは言わなかった。

彼女が自分の未来に願望を持ちつつも、明確なビジョンを持てていないのは僕も感じていた。そんな夏凛の手助けをしたいと思っていても、僕には何もできない。それが恋人として歯痒（はがゆ）い。

「ほらトモ。お前からもなんとか言ってやれよ」

「まだ焦るような時期でも無いよ。ゆっくりと考えればいいさ」

僕がそう言うと、夏凛は安心したように僕の制服の袖を掴んだ。


その後、僕達は各々のカップルに別れて帰途についた。

短い階段で丘を登ったところにある小さな公園。そこが僕と夏凛の憩いの場所だ。寛治達にも秘密のスポットで、二人きりになりたい時はいつもここに来る。遠くに見える海岸線に西日が沈んでいく様子はまるで溶けた飴のようだった。

街を一望できる景観はなんとも爽快なのだが、同時に自分がとても小さい存在のようにも思えてくる。

お前はまだ何者でもないんだぞ。

街からそう言われているような気がするのだ。

足元から吹き上がった緩い初夏の風が夏凛の髪を掻き上げる。彼女はそれを片手で抑えながら、どことなく遠い場所を見つめながら言う。

「あたしね、トモとここに来ると安心するんだ」

「どうして？」

「一人だと少し怖いの。『お前は誰だ？』って街に聞かれているみたいで」

「……そっか」

僕も一緒の事を考えていたよ、なんて陳腐なセリフは口にはしなかった。ただ照れ臭かっただけかもしれない。

その代わりに手を繋ぐ。

するりと夏凛が安心したように言う。

「こうしてると胸を張って言い返せるの。この人の恋人だよって」

僕が黙って聞いていると、夏凛は気恥ずかしそうな笑みを浮かべて僕に向き直る。

「でもそれじゃあトモに依存してるだけみたいになっちゃうね。ちゃんと自分自身の事を言えないと駄目だよね」

「だから早く大人になりたい？」

「……………そうかもね。大人になったら『何か』に成れてる気がするから」

そう口にする夏凛の手は温かかった。

僕にできるのは彼女の中に灯る火を守ることだけだ。

僕は魔女のように夏凛にカボチャの馬車とガラスの靴を用意する事はできない。

きっと僕らが大人になる為には、転んで怪我をしたり、崖を飛び越えようとして落ちたり、そんな経験が必要なのだろう。

その時、僕は彼女の手をこうして握っているべきなのだろうか。

それとも立ち上がる時だけ手を貸すべきなのだろうか。

そんな事もわからないまま、陽が沈んでいく。

頼りない街灯が照らす二人きりの公園で、僕らは何度かキスをした。

唇を重ねる度にくすぐったそうに綻ぶ夏凛はとても愛らしくて、この場で抱きしめたくなる。そんな情念を我慢して、家に帰ろうと提案する。もう辺りはすっかり暗くなっていた。

夏凛は公園を後にする時に少し後ろ髪を引かれるような表情でもう一度街を見下ろしていた。

そんな彼女を引く僕の手は、まだどこか頼りなかったのかもしれない。

第一話

「モデルなんてやればいいのにね」

　涼子先輩が唐突にそう言う。

「なにがですか?」

「夏凛ちゃん」

「確かに街を一緒に歩いてるとよくスカウトされますね」

「でしょ?　すごく似合ってると思うな」

「本人はそういう勧誘される度にすごく嫌がってますけどね。やる気はゼロみたいですよ」

「えー、勿体ない。あんなスラっとしてて。すごく羨ましいなぁ」

　そんな会話を交わしながら僕達は部屋に戻る。

　僕の手には涼子先輩が淹れてくれたコーヒーを乗せたお盆。涼子先輩はお茶菓子を持っていた。

　週末の昼下がり。僕達は涼子先輩の家に集まって試験前の勉強に勤しんでいる。涼子先輩の両親は仕事でほとんど海外にいるので、涼子先輩は実質一人暮らしのようなものだった。彼女のしっかりした一面はそうした日常生活からも培（つちか）われてきたのだろう。

　ともかくこの立派な家は、僕らの溜まり場としてよく使われているのだ。

涼子先輩が僕の先を歩き、階段を上っていく。

「ごめんね手伝ってもらって」

「いえ。お邪魔してますしこれくらいの事当たり前ですから」

僕はそう言いながらそれとなく視線を少し横に逸らしながら彼女の後を追う。

目の前には形の良い、それでいて肉感豊かな桃尻が微かに左右に揺れていた。タイトなスカートを穿いているものだから、その真ん丸さが非常に煽情的である。

僕はついついその臀部に魅了されそうになるが、恋人がいるという矜持によって自制心を保ってなるべく視界に入れないようにしている。

こうして僕らが集まって勉強をすると、大体余裕ができるのが僕と涼子先輩になる。まぁ涼子先輩は一つ年上であるし、医学部志望なので当然といえば当然だ。僕も学校の勉強はできる方なので、僕と涼子先輩で夏凛と寛治に教えるのがいつもの流れになっている。

夏凛と寛治がテキスト片手にうんうんと頭を悩ませている間に、僕と涼子先輩でお茶を用意するのも慣例となっていた。

その度に階段で涼子先輩の蠱惑的な後ろ姿を見せつけられるのは僕にとっては一つの精神修行のようなものだ。

見てはいけない。見たとしても欲情してはいけない。

僕は夏凛の彼氏なのだ。

「捗ってる？」

室内の二人に問いながら涼子先輩は自分の部屋に入る。僕はその後に続いた。

中では相変わらず穏やかとはいえない空気が漂っていた。

「この単語の意味、なんだったかな～……あ～わかんね」

寛治が頭を掻きむしりながらブツブツと独り言を言う。

「うるさいから静かにして」

夏凛は寛治の方に見向きもせずに冷淡に言い放った。

「嫌なら出てけよ」

「あんたの部屋じゃないでしょ」

寛治が口を尖らすとおちゃらけた口調で煽る。

「俺の彼女の部屋です～。お前よりかは立場は上です～」

「なにその理屈。意味わかんない」

涼子先輩と僕はいつもの事だと、もう仲裁もせずにテーブルの上にコーヒーと茶菓子を置いた。

「ちょっと休憩しようか」

涼子先輩がそう言いながら腰を下ろす。

僕らはテーブルを中心に車座で座った。

涼子先輩の部屋は非常に彼女の内面を表していた。無駄なものは一切置いておらず、それでいて決して殺風景ではなくお洒落なインテリアや小さな観葉植物が彩っている。そしてなにより、良い匂いがした。

夏凛も一時期この部屋の真似をしてみたそうだが、どうにも調和が取れずに諦めてしまったらしい。自分にはまだ早い。そう肩を竦める彼女の笑顔は不思議なものでどこか清々しさも感じた。

「はぁ……」

その夏凛がため息を吐きながらチョコの包装紙を解く。

「そんなに疲れた?」

僕がそう尋ねると彼女は首を横に振った。

「あたしだけ皆と違ってちゃんと進路を決めてないからさ、何のために勉強してるんだろうって思うとなんだか徒労感がすごいんだよね」

早く大人になりたい。でも何かになりたいわけでもない。

ありふれた思春期の悩み。

寛治が口を挟む。

「モデルでもやっとけ。おじさんとおばさんに感謝しろよ。見てくれだけはそこそこいい感じに産んでくれたんだから」

「『でも』だなんて。そんな生易しい世界なわけないでしょ。あたしなんて……」

夏凛はどちらかといえば気の強い女性なのに、どういうわけか自己評価が低いような気がする。そのアンバランスさが僕の保護欲を掻き立てる。

「夏凛ならきっとどんな場所でもやっていけるよ」

「本当にそう思ってる?」

夏凛が僕の目をじっと覗き込む。

僕はその宝石のような瞳を真正面から受け止めながら頷いた。

「……だったらいいけど」

夏凛は微かに頬を染めると、テーブルの下で僕の指にそっと自分の指を重ねた。

その行為はテーブルに隠れて彼らには見えなかったはずなのに、こういう時の寛治はどういうわけか目敏(めざと)い。

「人の彼女の家でイチャついてんじゃねーよ」

ニヤニヤしながらそう言った。

夏凛はむしろ反抗するように僕の手を強く手の平で握る。

涼子先輩は穏やかに微笑(ほほえ)みながらコーヒーに口をつける。

「こーら寛治君。二人を茶化さないの」

「へいへい」

「手なら私が後で握ってあげるから。ね?」

「そりゃどうも」

軽い調子でそう返しながらも、寛治からは照れ臭さが隠しきれていなかった。それを見逃さない幼馴染(おさななじみ)の夏凛ではない。

「なに恥ずかしがってんの。気持ち悪っ」

「あ～ん?　誰が恥ずかしがってるって?」

寛治は涼子先輩の肩に手を置くと、自らの方に引き寄せて身体を密着させた。それは明らかに夏凛の挑発に対して見せつける行為だった。

寛治の頬は微かではあるが確かに紅潮している。対して涼子先輩は特に動じた様子もなく可笑しそうに微笑んでいるだけだ。

「んなっ!」

突然の寛治の蛮行に夏凛は舌を巻く。

そして横目で僕をちらりと見上げると、すすすっと肩を寄せてきた。寛治への対抗心による行為である事は言うまでも無い。それでも僕は寛治に感謝する。

夏凛は耳まで真っ赤だった。

普段から人前でスキンシップをするようなタイプではないし、付き合って一年にも満たない。その上僕らはどちらも初めての男女交際だったのだ。

勢いでやってしまった事とはいえ、夏凛にとってはかなり大胆で勇気の要る行動だったのだろう。

僕の肘に当たっている夏凛のスレンダーな肢体からは想像もできない豊かな乳房から、ドキドキと緊張の鼓動が伝え聞こえてくる。

「無理しなくてていいんだぜ」

どちらかといえば優勢な寛治がニヤニヤしながら言う。

「別に無理なんかしてないし。普段通りだし」

どちらも（特に夏凛が）意地っ張りなのでお互いに譲らない。

「そっちは俺らと違って付き合いも短いんだからさぁ」

「はあ？　れ、恋愛に時間の長さとか関係無いし！」

こんな風に二人が仲良く口喧嘩するのを、僕と涼子先輩が温かく見守る。それが日常であった。

「お前らはまだまだ子どもなんだよ」

「なっ……」

夏凛がなにかしら反論しようとすると、寛治が涼子先輩のおでこに軽くキスをした。

夏凛も負けじと目を閉じて唇を突き出してきたが、全身がぷるぷると震えている。顔が真っ赤で無理をしているのが一目瞭然だ。

「いや頑張って対抗しなくていいから」

そんな彼女の額をそっと押し戻して、頭頂部を軽く撫でる。

やはり夏凛は少し悔しそうだった。薄くも血色の良い唇を真一文字に結って、僕をジト目で見上げている。

そんな僕らを見て、涼子先輩が愛しいものを見るようにクスクスと笑っていた。

「トモ君と夏凛ちゃんは本当可愛いね」

「涼子の方が可愛いよ」

寛治が今度は涼子先輩の頬にキスをしようとする。

「わかったわかった」

涼子先輩は柔和な笑顔のまま、寛治の肩を押し返す。

寛治はどこかラテン系というか、情熱的な愛情表現を恥ずかしげもなく露わにする。それを涼子先輩が大和撫子らしく優しく諌めるのが二人のいつものやり取りである。

僕と夏凛はそんな二人に触発される事も少なくない。僕達は恋愛経験も少ないので、無意識の内に身近な手本を参考にしている節はある。

涼子先輩がニコニコしながら口を開いた。

「テストが一段落したら四人で遊びにいこうね」

僕らは頻繁にダブルデートをする。下手をするとそれぞれのカップル単独でデートをするよりも回数が多いかもしれない。

最初こそはデートに不慣れな僕と夏凛の手解きに寛治達が協力してくれていただけにすぎなかったのだが、今では単純に一緒にいて楽しいからという理由で遊ぶ。

誰かが一人でも欠けたらピースが埋まらない。そんな四人組になっている。

もちろん恋人同士なのだから、二人きりになりたいという時もある。なので普通のデートだってちゃんと欠かしてはいない。

でもやはり僕と夏凛二人だけだとまだ少しぎこちない部分がある。会話が途切れて気まずくなったりする。そんな時どうしたらいいか寛治に聞いたら、そんな沈黙すら楽しむものだと教えてもらった。その領域にはまだまだ僕らは達していないようだ。

そんな僕らでも、一年弱も一緒にいたらするべき事はしている。

初めてのキス。

そしてその先も……。

どちらも衝撃的で、記憶に新しい。

夏凛は僕の価値観を大きく変えてくれた。

僕はそんな夏凛に強く感謝の念を抱いており、今まで恋愛に疎かった僕は一時期成績を落とす程すっかり彼女に魅了されていた。

幸運な事に夏凛も僕の事を好いてくれている。

好きな人が自分の事を好きでいてくれる。

たったそれだけの事が奇跡のように思える毎日だった。

寛治が自分の事を誇らしげに言う。

「今でこそ人の彼女の家でイチャつく位に成長したけど、本当に夏凜は奥手で大変だったんだからな。どれだけ押しても全然トモに告白しねーんだから」

そんな寛治に夏凜は舌を出す。

「うるさい！　別にあんたの手なんて借りてないから！　あたしが相談してたのは涼子先輩だし」

二人が言い合う平和な一幕をオカズにコーヒーを啜る。幸せである。

そんな折、ふと涼子先輩に視線が向く。僕は不自然さを覚えた。

何だか妙に顔が赤い。

先程寛治に肩を抱かれたからか？

いや、その程度で赤面するような人ではない。余裕という概念が服を着て歩いているような人だ。

「涼子先輩。熱でもあるんですか？」

「ん？　いや別にそんな事ないよ」

涼子先輩はそう言うと僕に言葉を返した。

「トモ君こそ少し顔が赤いよ？」

え？　僕も？

そういえば少し心拍数が高いような気がする。手汗が滲んでいた。頭もぼうっとする。風邪だろうか。

気が付けば寛治と夏凜の言い合いも白熱している。それもいつもとは違う熱を帯びていた。

「お前がトモと付き合えたのは俺のおかげ！」

「違う！　あんたの意見なんて参考にしてなかった！」

寛治はやけにご機嫌な様子だし、夏凜は妙にヒステリックで目に涙まで浮かべている。

なんだか皆の様子がそれぞれ少しずつおかしい。

僕も思考回路が上手く回らなくなってきた。

そんな中、たまたま手に持っていたチョコ菓子の包装紙に目をやる。

『※アルコール入り』

え。

僕はチョコが入っていた箱を隅々まで目を通す。すると一つの事実が浮かび上がる。

「先輩。これウィスキーボンボンです。しかも度数高めです」

「……え。嘘」

僕と先輩は横を見る。

「それにしてもこのチョコ美味しいな」

寛治がそう言いながらぽいぽいとチョコを口の中に放り込んでいく。

「あたしだって〜、一生懸命さ〜」

夏凛に至っては泣き上戸になりながらパクパクと頬張っていた。

「あちゃー」

涼子先輩はそう言うと、僕に向かってウィンクしながら舌をちょっと出した。

「ごめん。親から貰ったの、海外のお土産だったみたい。ちゃんと見てなかった」

涼子先輩からそんな茶目っ気たっぷりの謝罪をされたら、怒れるものも怒れなくなる。とてもチャーミングだった。

視線を寛治と夏凛に戻すと二人はすっかりと出来上がっていた。

「だからお前たちは駄目なんだよ」

「はー⁉　あんたに説教される覚えは無いんですけどー！」

その口ぶりの粗さは、まるで場末の酒場で口喧嘩している社会人である。

まぁもともと普段からこんな感じとはいえばこんな感じだが、やはり酩酊（めいてい）による影響は感じさせた。

というか二人ともお酒弱すぎだろう……。確かにウィスキーボンボンにしては強い部類のアルコール度数ではあるが。

寛治が拳を振るって熱弁する。

「恋人ってのはな、いついかなる時もアグレッシブにお互いの熱を冷まさないようなチャレンジの精神を忘れちゃならねーんだ」

「そんなもの無くてもあたしとトモはラブラブだし！」

二人ともムシャムシャとチョコを食べながら喧嘩めいた議論を続ける。

「いーや。お前のところはまだまだ子どもだよ。お子ちゃまの付き合いだ」

「そんな事ないし！　大人の男女交際してるし！」

「どうせセックスもおままごとみたいに慎ましく抱き合って終わりだろ」

ブチッ、と何かが切れた音が夏凛のこめかみから聞こえた。

そして数個のチョコを豪快に口へと放り込むと、酔いに任せて声を響かせる。

「トモのエッチはそんな弱々しくないもん！」

週末の昼下がり。陽光は麗（うら）らかだった。

すっかり泥酔の夏凛は抗議の意味を込めて机をばんばんと叩き、机の下から足を伸ばして寛治を繰り返し蹴っていた。

「あたしの事はいいけどね、トモの事を馬鹿にしたら許さないいんだから！」

「俺はなぁ、トモじゃなくてお前の方を心配してんだよ」

寛治に至っては呂律（ろれつ）が怪しくなっている。

「あ、あたしの何が心配なのよ……」

寛治はビシっと夏凛の顔を指さした。

「ずばり、お前は精神年齢が低いんだよ！」

「うっ」

コンプレックスを直撃されて夏凛は胸を押さえた。

「トモに告白するまで……いや、告白してからも俺達におんぶに抱っこ」

「ううっ」

「涼子に憧れてるのも自分が幼いって事を自覚しての裏返しだろ」

「うううっ」

よくわからないが夏凛が劣勢らしい。

そんな夏凛が駄々をこねるように声を張り上げる。

「じゃ、じゃああんたはどんな大人の恋愛してるのよ」

寛治はふふんと鼻を鳴らした。

「そりゃあもちろん色々考えてるさ」

「何を考えてるってのよ！」

夏凜は口調こそ喧嘩腰だが興味津々だ。

「いいか？　俺達はもう三年以上も付き合ってるんだぞ。その中には倦怠期と呼ばれるような時期だってあった。そんな時に俺は閃いた。結局実行はしなかったけどな」

「なにそれ……」

「ずばりスワッピングだ！」

寛治はサムズアップして答える。

隣で涼子先輩が懐かしそうに頷いている。

「そういえばそんな話をした事もあるわね～」

夏凜は僕の肘を突いて小声で聞いてくる。

「……ねぇ。スワッピングってなに？」

「えっと……だから」

僕が返答に窮していると、寛治が代わりに答えた。

「スワップは交換だろ？　つまり二組のカップルのパートナーをそれぞれ交換してセックスしちまうってわけだ」

夏凜が酔いに加えて赤面する。

「そ、そんなの不健全よ！　不健全！　意味わかんないし！」

フォローするように涼子先輩が口を挟む。

「倦怠期の頃に二人で話し合ったらそういうアイデアが出たってだけで、結局してないわよ」

酔っているとはいえ夏凜には刺激が強すぎる話だったのか、理解が追い付いていないようだった。そんな彼女を置いてけぼりにして寛治が勢いよく立ち上がって拳を握る。

「あの時は相手がいなかった。でも今は最高の条件を持った相手がいる。一緒にいて楽しくて、信頼ができて、秘密を共有できる親友達が！」

僕は思わず尋ねる。

「もしかして僕達の事を言ってる？」

「他に誰がいる？　トモよ！　いや親友（とも）よ！」

「ちょちょちょちょちょちょちょっ！　ちょっと待ちなさいよ！」

思わず夏凛も身を乗り出す。

「それってつまり……えっと、その……トモと涼子先輩がして……あたしとあんたがするって事？」

「然（しか）り！」

寛治は腕を組んでふんぞり返った。

「絶対やだ！」

「俺だって嫌だわ！　たとえ親友が相手でも涼子とセックスするなんて」

「はぁ？　なにそれ。矛盾してるじゃん」

「しかし大人になる為には、時には茨（いばら）の道を進むような挑戦が必要なんだよ」

その言葉に夏凛は息を呑む。普段から『大人』という言葉に執着する夏凛は何か思うところがあったようだ。

寛治はさらに畳みかける。

「ぶっちゃけ俺はお前じゃ勃たん！」

「……興奮されてもキモイんだけど。なんかムカつくわね」

「しかし！　痛みを伴わずに成長した男がいただろうか。いやいない！」

「へー。あたしとのセックスはあんたにとって『痛み』なわけだ……」

夏凛は怒りのあまりに口端をひくつかせていた。

寛治の足取りはもはや酔拳のようにふらついている。

「よって！　俺はここにお前らとのスワッピングを申し出る！」

「いえーい。ぱちぱちぱちぱち」

ずいぶん大人しく見守っていたなと思っていたが、涼子先輩もだいぶ酔っているらしい。雄弁に語る寛治を楽しそうに囃し立てていた。先輩……酔うと結構悪ノリしちゃうんですね。

「ちょっとちょっと。先輩は止めてくださいよ。僕一人じゃ収拾つきませんよ」

「ん～？」

慌てる僕の制止にも、何が何だかよくわかっていない様子で首を傾げている。駄目だ。この部屋で理性を失っていないのは僕だけだ。

寛治の暴走は止まらない。

「へいへい。まさかビビってるのか。あの夏凛さんがよぉ」

夏凛を挑発し続けている。

「ビビってるとかそういう話じゃないでしょ！」

夏凛もそれに乗っかってしまっている。

寛治と夏凛はまるで睨み合う不良のように対峙して接近している。少なくとも寛治も夏凛も手を出すような人間ではないからそこだけは安心して見ていられる。しかし放置もできずに、僕は夏凛を後ろから軽く抱き着くように羽交い絞めにする。

「お前はいつも困ったらそうやってトモに助けてもらうんだな」

「違う！　あたしは自立した人間に……っ！」

その時、僕の脳裏にあの公園で聞いた夏凛の言葉がフラッシュバックする。きっと夏凛も同じだったのだろう。彼女は言葉を途中で呑み込んだ。

『こうしてると胸を張って言い返せるの。この人の恋人だよって』

『でもそれじゃあトモに依存してるだけみたいになっちゃうね。ちゃんと自分自身の事を言えないと駄目だよね』

夏凛の頭に浮かんでいるのは僕の恋人というアイデンティティと、確たる将来像も無い自分。

それを恥じるように顎を引いた。

その隙に寛治が続ける。

「俺はお前の知らない大人のセックスを知ってる。お前を大人にしてやれる」

その言葉は僕の頭に銃弾を撃ち込んだ。

大人にしてやれる。

僕は夏凛にそう胸を張って言ってあげる事ができない。

きっと夏凛も大きな衝撃を受けているだろう。下唇を噛んで、両手を握っている。

「……あ、あんたにそんな心配される覚えは無いわよ！」

「それくらいの刺激が無いとお前も成長しないだろ」

「それが余計なお世話だって言ってんの！　ていうかそれっぽい屁理屈並べて、あんたがそういう事したいだけでしょ！　うちらを巻き込まないでよ！」

「あのなぁ、お前だってわかってるだろ？　このままボケーっと歳を重ねれば大人になれるのか？　違うだろ？　何かの壁をぶち壊して前に進むしかないんだよ」

「なんでその壁が恋人の交換なのよ！　馬鹿！　アホ！　マヌケ面！」

「これは俺だけの意見じゃない。涼子だって同意見なんだぞ」

「えっ……涼子先輩が？」

その名を出されると途端に夏凛の声のトーンが下がる。

夏凛と共に視線を涼子先輩に向けると、朗らかな微笑みを浮かべていた。

「私としては別に絶対にそういう事をしたいってわけじゃないんだけれど。寛治君の言う事も一理あるかな、って説得されちゃった感じかな」

涼子先輩は夏凛にとって大人の象徴である。

その象徴が、スワッピングが大人への階段を上る一つの方法である事を認めてしまっている。その事実は夏凛の頭を揺らがせただろう。

涼子先輩は続ける。

「でもほら。やっぱり相手が問題だなってなって、その話は凍結されてたの。でもよくよく考えると夏凛ちゃん達が相手なら理想かなとは思った。灯台下暗し」

「……で、でも、だからって……」

夏凛はそれでも抵抗を続ける。

「やっぱり幼馴染だから考え方も似てるのかな。寛治君も大人って概念にコンプレックスがあるみたいなの。恋人の私が年上だからっていうのもあるのかな」

「そうだ！　俺はガキだ！」

口を挟む寛治を夏凛が睨む。

「知ってるわよ！　あんたは黙ってなさい！」

そんな二人のやり取りを涼子先輩は愉快そうに見守る。

「ふふ。まぁとにかく、寛治君も大人になりたいんだって。その心意気自体は応援しないとなって。スワッピングに賛成かどうかは別にしてね」

そこで不意に涼子先輩と僕の目が合う。

「それに、トモ君相手だったら嫌悪感は無いけどね」

そんな事を言う。

涼子先輩の話を聞いて夏凛は黙り込んだ。

幼馴染の寛治も自分と同じような悩みを抱え、そして正しいかどうかは別にしても積極的に成長の道を探ろうとしている。それに引き替え自分は漫然（まんぜん）とした日々を送っていた。

僕の恋人の横顔には、そんな葛藤が鮮明に浮かんでいた。

僕はどうだろうか。今の自分のままで、彼女と共に成長できる恋人たる資格はあるのだろうか。

寛治は諭すように言う。

「夏凛。よく考えろ。互いを踏み台にして高め合うんだ。それは俺達だけの話じゃない。トモだって大きく成長できるチャンスなんだ」

「……どういう意味よ」

「お前が理想として憧れている女は誰だ？　涼子だろう？　その涼子と一線交える事でトモも大きく成長する」

何を言ってるんだ。僕もいよいよ本格的にアルコールが回ってきたのか頭がクラクラする。

「…………」

夏凛は黙って聞いていた。

「トモが成長すれば、それはお前の成長にも繋がる。刺激し合える恋人になれる！　そうだろ？」

「そうなの？」

夏凛が振り返って僕に尋ねる。

「いや、どうだろう」

「ちっ、勢いで押し切れなかったか。流石だな、トモ」

寛治は残念そうに舌打ちした。

そんな彼の脛を夏凛が無言で軽く蹴る。

「でも俺は本気でそう思ってるぜ」

その言葉が嘘ではないのは僕も夏凛も理解している。寛治は直情的で短絡的ではあるが、少なくとも友人に嘘をつくような人間ではない。

僕は一つ大きく息を吐いて、皆に問う。

「あのさ、まず確認したいんだけど、皆自分が酔ってるって自覚ある？　さっき食べてたチョコ、結構強めのアルコール入ってたんだけど」

まず寛治が答える。

「ああやっぱりか。なんか身体が熱いと思ってた」

次に涼子先輩が元気良く片手を上げる。

「はーい。わかってまーす」

最後に夏凛だけが訝しそうに独り言ちた。

「え、嘘……。そういえば頭がいつもよりカッカしやすいかも」

僕はそんな彼らを諫める為に口を開く。

「話の正当性はともかく、そんな状態で話し合うような事じゃないと思うな」

寛治がすぐさま反応した。

「いや、こんな馬鹿げた事は素面じゃできん。酔ってるなら丁度いい。勢いに任せてパパっと済ませちまおうぜ」

「そんなババ抜きをやるわけじゃないんだから。それと涼子先輩」

「なに？」

「先輩は本当にそれでいいと思ってるんですか？　寛治が夏凛とセックスして、先輩は僕とセックスするんですよ？」

「うーん…………」

涼子先輩は顎に人差し指を添えてしばし天井を見つめると、視線を僕に戻した。

「私はね、寛治君とは別の意味で面白いかなって考えてるよ」

「どういう意味ですか？」

「私ね、この四人組が大好きなんだ。だからぐちゃぐちゃってかき混ぜちゃったら、もっと仲良くなれるんじゃないかって思うの」

「その為ならセックスのパートナーを交換してもいいと？」

「正直な話、私は身体の繋がりってそこまで大事じゃないと思ってるから。恋愛は心でするものじゃない？」

「それはそうかもしれませんが……」

かといって肌の触れ合いもやはり恋愛の醍醐味だと思うのだが、涼子先輩に気圧される形で僕は口を噤んだ。

「……恋愛は心……身体は別……」

夏凛が涼子先輩の言葉を呟くように反芻していた。

そして目を伏せていた夏凛が僕に向き直り、口を開く。

「ねぇトモ。あたしわかんなくなってきちゃったよ」

迷う必要は無いんだ。

きっと僕が君を大人にしてあげる。

そう力強く宣言できる根拠が僕の中には無かった。

夏凛は戸惑いながらも期待している。

自分を高みに連れて行ってくれる何かを。

あの丘の公園よりも、もっともっと高い場所へ。

その後どういうやり取りがあったのかはよくわからない。誰も何の説明をせずに、それでもなんとなく雰囲気に流されるように僕らは非日常への扉を開いた。

大体は酒の所為だ。そう自分に言い聞かせながら、僕も歩みを進める。目的地もわからずに。

「ほら、トモ君。こっちおいで」

涼子先輩が僕の腕を引っ張って部屋を出る。

どうもいつの間にか、夏凜と寛治が涼子先輩の部屋でして、僕と涼子先輩がリビングでする流れになったらしい。

廊下に出て扉を閉める前に、夏凜の後ろ姿を見た。彼女は必死に振り向かないようにしていた。少しでも僕と目が合うと、覚悟が揺らいでしまう。彼女の背中がそう語っていた。

それでも我慢できないといった様子で彼女は僕に語り掛けてくる。

「トモ……あたし、きっと大人になるから。涼子先輩と同じくらい大人になって、トモの隣を歩ける立派な女性になるから」

その口調はやはり呂律がちょっと怪しかったが、彼女の心の底からの言葉である事に疑いの余地は無かった。

その言葉を受けて、涼子先輩が僕に耳打ちする。

「じゃあ私は、そんな夏凜ちゃんに負けないくらいトモ君を大人にしてあげないとね」

そして部屋の扉を半開きにしたまま廊下を歩いていく。涼子先輩の足取りは僕とは対照的に軽かった。

廊下を進んで階段を降りるとそこはもうリビングだ。軽く二十畳以上はあるだろうか、広々とした空間に、ベッドとしても使用できそうな幅の広いソファがくの字で置かれている。

僕は不思議と緊張していなかった。ただでさえ感情が顔に出づらい気質なので、無表情でカーテンを締めている涼子先輩の背中を眺める。

「さっきも言ったけどさ」

「はい」

「あの二人は似てるんだよ。まるで兄妹みたい。何かの儀礼を通過すれば大人になれるとどこか本気で思ってる」

「違うんですか？」

「トモ君はわかってるんでしょ？」

涼子先輩はカーテンを締めきると僕へと振り返る。両手を後ろに回してカーテンを握っているので、身体の前面が非常に開放的だ。タイトなブラウスとスカートは、彼女の身体のラインをよく表していた。遮光されてちょっと薄暗くなったくらいではその豊満な胸の膨らみや、くびれた腰から丸まった腰の曲線が見えなくなるわけではない。むしろより妖艶に映った。

僕は涼子先輩のそういった一面を普段からなるべく意識しないようにしていた。

「……わかりません」

だから流されてしまった。

「トモ君は頭がいいからわかってるはずだよ」

涼子先輩はカーテンから手を離すと、スカートのホックを外した。嘘のようにするりとスカートが床に滑り落ちる。

タイツを召した美脚がなんだかとてもエロティックに見えた。僕の知っている唯一の家族以外の女体といえば夏凜のもので、彼女の脚はとても細くて長い。脚を閉じても股間の下に隙間ができてしまう。しかし涼子先輩の太ももはむっちりとした肉感を纏っており、僕の喉は急に乾きを覚えて生唾を飲みこんだ。

「なんだか恥ずかしいね。トモ君にこんなところ見られるなんて」

なんて普段通りに涼しげな表情と声色でそんなを言う。

「本当に恥ずかしがってます？」

タイツの奥には大人びた刺繍の入った白いショーツが見え隠れしている。僕はなるべくそちらではなく涼子先輩の顔を見るように努めた。

「恥ずかしいよ。トモ君がチラチラ見てくるから」

僕をからかうような微笑みを見せる。

「す、すみません……」

僕は顔を真っ赤にして顔を横に向けた。

「でも良かった。興味を持ってもらえたようで。仏頂面で何の視線も感じなかったらどうしようかと思った。ふふ」

「……健康的な男子ですから」

「でも夏凜ちゃん以外には関心無いでしょ？」

「それは先輩だって同じでしょ。寛治以外に色目を使うんですか？」

「あはは。無いね」

「……そんな僕らがセックスしてもいいものか、いまだに判断がつきかねます」

「流石（さすが）は私達四天王で最強の常識人だね」

「茶化さないでくださいよ」

僕は苦笑いを浮かべる。涼子先輩があまりにも普段通りに自然体だから。

「さっきも言った通り、その辺は私の価値観がちょっと一般的じゃないのかな。セックスってそこまで大した事なのかなって思っちゃう」

「大した事です」

「まぁまぁ。ね。こっち来て」

僕はいつまでも半裸の先輩を放っておいて棒立ちでいるわけにもいかず、先輩に誘（いざな）われるがままに彼女の前に立つ。その一歩一歩の振動で心臓が震えた。

身長は夏凛と同じくらいだろうか。平均よりもやや高いくらい。ただ鼻腔をくすぐる芳香（ほうこう）は全く違うものだった。同じ甘さでも夏凛が白桃とするなら涼子先輩は乳製品のような匂いがする。

今まで匂いの違いなんて気にした事もなかったが、先輩のミルクティーを連想させる匂いに頭がうっとりとさせられる。

先輩は両手で僕の手を取ってじっと見つめた。

「寛治君よりも優しい手だね」

「あいつの方が大きいでしょ。バスケやサッカーのキーパーも得意だし」

「うん。それに彼の方がゴツゴツしてるね」

つまり寛治の手の方が男らしいというわけだ。

そしてその手が今、夏凛の身体をまさぐっているかもしれない。

そう考えると僕の足の裏は途端に床を踏みしめている感覚が無くなって、なんとも頼りない居心地に陥（おちい）ってしまう。

「寛治君と夏凛ちゃんが気になる?」

そんな僕の胸中を見透かしたように優しい笑みを浮かべる。

「涼子先輩は気にならないんですか」

「めちゃくちゃ気にしてる」

「そんな風に見えませんよ」

「本当だよ。だって私、寛治君と夏凛ちゃんにはもっと仲良くしてほしいから。でもやっぱり前言は撤回しようかな」

「というと?」

「セックスは大した事だね。ちょっと……ううん、だいぶ胸がざわつく」

「先輩も常識人で良かったです」

「まぁでも……始めちゃったものは仕方ないし、こっちはこっちで頑張ろっか」

頑張る。

その表現がしっくりきて僕は笑ってしまう。

現実感は皆無のままだが、このまま僕は涼子先輩と、親友の彼女とセックスをするらしい。それも自分の恋人が親友とセックスをしている一つ屋根の下で。

それを自然と楽しめるような度量なんか無い。頑張らないといけないのだ。

かといって自分から積極的にペースを握ろうという気にはならなかった。それは罪悪感にしてもそうだし、単純に年上の女性を相手にしてどうすればいいのかわからなかったのだ。

そんな中、涼子先輩の方から動く。

「ねぇ、折角だし触ってみて」

涼子先輩が握った僕の手を股間へと導いたのだ。

折角だし、という言い方がなんだかいかにも涼子先輩らしいな、なんて悠長に僕は考えながら彼女の陰部を触った。

「どう？　夏凛ちゃんと違う？」

「……そうですね。そもそも夏凛はタイツを穿かないですから」

初めて触るタイツの触り心地はサラサラとしていて、これが大人なのかと密かに感動していた。

「他には？」

涼子先輩が珍しく恥ずかしそうに聞く。そこには微かな不安すら混じっていた。

「他は……一緒です。温かくて、柔らかいです」

本当はもう一つ夏凛と全然違うなと思った箇所があったが黙っていた。

それは腰つきである。

涼子先輩も夏凛に負けじと痩せている方だが、骨盤がしっかりしている。丈夫な赤ちゃんを沢山産めそうなその腰回りは、何だか僕を欲情させた。

寛治はこんな腰と肌を合わせているのか。そんな事を考える。独占したいと思わないのだろうか。そうとも考えた。

「なに考えてるの？」

涼子先輩が上目遣いで尋ねてくる。

「そういえば寛治は昔から独占欲に乏しい男だったな、と」

飲食店に行っても何でもシェアしたがるのだ。

『俺のこれ美味しいから食べてみろよ』

『お前のそれ一口頂戴』

涼子先輩も身に覚えがあるそうで、くすくすと笑う。

「だからといって恋人までシェアさせるなって話だよね」

「全くです」

そう言いながら先輩の股間をくにくにと触り続けている。

「……あんまりそこばかり触られるのは恥ずかしいかも」

涼子先輩が頬を赤らめてくすぐったそうに笑う。

「すいません」

僕は慌てて手を引っ込める。

すると涼子先輩はブラウスのボタンを上から一つずつ外していった。焦らずに、ゆっくり、淡々と。

「トモ君はいつも通りすごい冷静だね」

「そんなわけないでしょう。心臓バクバクですよ」

ボタンを外し終わった涼子先輩が僕の胸に手の平を当てる。

「あ、本当だ。ドキドキしてる。でもあたしのがドキドキしてるよ」

「本当ですか？」

涼子先輩は僕を茶化すようにニッと笑う。

「触って確かめてみなよ」

ボタンは全部外れていた。

ショーツとお揃いの大人びた白いブラジャーが押さえつけている乳房は、はちきれんばかりの豊かさで僕を圧倒させる。

夏凛は夏凛で細身に似合わぬ美巨乳なのだが、涼子先輩のそれはもう気圧される程に大きい。僕は無意識に喉を鳴らしていた。

「あれ、もしかして焦らしてる？」

「そんな高等テクニックは使えません」

「じゃあほら、遠慮なく」

「親しき仲にも礼儀ありと言いますか……」

先輩は笑顔のまま再び僕の手を取ると、それを胸に押し当てようとする。

僕は人形のように無抵抗で従った。

どんどんと指先が魅惑の谷間に迫る。

ぷよん。

指がついに乳肉に到達した。その際の感触はアルコールなどよりも余程僕の頭をぐるぐると酩酊させる。

その柔らかさは、僕がいかに未熟で世界の事を何も知らない若者なのだと痛感させるものだった。

胸の触り心地などどれも大して変わらないと僕は思っていた。所詮はただの脂肪の塊だとタカを括っていたのだ。しかし夏凛と涼子先輩の胸は大きな差異があった。

夏凛のそれをプリンのような弾力の塊とすると、先輩のはスライムのような柔らかさだ。

肌の触り心地も違う。夏凛はすべすべしていたが、先輩はしっとりとしていてさらにモチモチしている。触ると指の腹が吸い付くようなもち肌だ。

「どう？　どう？」

涼子先輩があまりに無邪気な様子で聞いてくる。センシティブな事をしているという雰囲気が薄れ、僕も思わず答えてしまう。

「とても……素敵です」

「なにそれ」

涼子先輩がおかしそうに笑った。

しかし本当に僕は感動すら覚えていたのだ。おっぱい一つでも一人一人にこうも個体差が出るものなのか。そして先輩のそれはまず間違いなく極上にランクづけされるものであった。

「夏凛ちゃんのと比べてどう？」

「……勘弁してくださいよ」

「トモ君は大きい方が好き？」

「そういえば寛治は巨乳派でしたね」

「あ、誤魔化した」

涼子先輩はくすくす笑いながら、何事も無かったかのようにブラジャーのホックを外す。あまりに自然にさらりと外すので、僕は思わず目を疑った。

ブラウスを着たままなので全体像は見えないが、夏凛のお椀型とはまた違った釣鐘型の乳房はとにかく圧巻の一言だった。

そして僕の目を惹き付けるのはそのド迫力のボリュームだけではない。

とても綺麗な乳輪。夏凛のそれはくっきり桜色だが、涼子先輩は色素が薄い。乳輪と肌の境目が曖昧になっている。

「変じゃないかな？」

僕は慌てて首を横に振った。

涼子先輩が楽しそうに笑う。

「珍しい。トモ君のそんな焦った姿」

「そりゃあ平常心じゃいられませんよ」

「後で寛治君に自慢しよ。あのトモ君を驚かせたよって」

そう言うと彼女は再び僕の胸に手の平を当てた。

「さっきよりドキドキしてる」

僕はいつの間にか喉がカラカラで上手く返事ができなかった。

「私もさっきよりドキドキしてるけど」

そして涼子先輩は僕をからかうように言う。

「確かめてみる？」

「しかしそれは……生のおっぱいを触るという事になりませんか」

「生のおっぱい触ってみるって聞いてるんだけど？」

僕は膝が笑っているのを誤魔化すので精一杯だった。涼子先輩の身体がいちいちエロくて惹き込まれてしまっているのも確かだが、なによりも僕を困惑させるのは親友のカノジョの身体を触っているという禁断の行為による背徳感だった。

「……本当に触りますよ」

「どうぞ?」

涼子先輩はニヤニヤしながら胸を張った。

「……僕だって健康的な男子なんですからね」

「結構結構」

覚悟を決めねばならない。目の前に最高の据え膳がある。

しかしそれ以上に僕は罪の意識を覚える。

誰にって?

もちろん夏凛にだ。

しかしそんな苦悩を吹き飛ばすような一言が涼子先輩の口から紡がれる。

「今頃寛治君も、夏凛ちゃんのおっぱい揉みしだいてるだろうし」

頭の中で何かがぷつんと切れそうになった。

寛治の僕より男らしい大きくてゴツゴツした手が、夏凛の美巨乳を鷲掴みにしている。そんな事を考えると背中が痒くなって仕方がなかった。

僕の心拍数はいよいよ最高潮に達していた。まるで初めての合戦でもみくちゃにされている若武者だ。

もうどうとでもなれと僕は先輩の胸部に手を伸ばす。

「やんっ」

僕は右手で左胸を正面から鷲掴みするように、その大きな乳房を触った。

夏凛の胸はギリギリ手の平に収まらないが、涼子先輩のそれはもう勝負にすらならない。圧倒的な質量だった。

そして手の平全体に伝わる柔らかさはまさに母性の包容力。

むにゅりと指が沈み込んでいく。

どこまでも。どこまでも。

底が見えない乳肉による海。

どれだけ荒っぽく揉みしだいても受け止めてくれそうな慈(いつく)しみの塊。

「ね？　ドキドキしてるでしょ？」

「わ、わかりません……」

モチモチした柔肉が厚すぎて心音が聴き取れない。

「ていうかトモ君って、そういう触り方するんだ」

「へ、変でしたか？」

「ううん。でもちょっと驚いた。なんていうか、野性的？」

「すいませんっ、痛かったですか？」

僕が慌てて手を離そうとすると、涼子先輩が両手で優しく包み込むように引き留める。

「ううん。痛くないよ」

そして仄かに頬を赤らめながらも、いつも通りの気さくな笑みを浮かべて言葉を続けた。

「トモ君の好きなように触って良し」

僕の右手はすっかり先輩のもち肌による爆乳の虜になっていた。理性では夏凛に悪いから早く離さないといけないと思いつつ、身体は意識と乖離して胸に指を立て続けている。

「ほら、もう片方も空いてるけど？」

そう言うと先輩はブラウスの襟をちらりと浮かせて、右胸の方を見せつけてくる。

僕は花に誘われる蝶のようにフラフラと左手も右胸に伸ばした。

こちらの方は正面からの鷲掴みではなく、下から持ち上げるように揉む。

ずしりと重い。重すぎる。大きめなメロンくらいは余裕である。

少し揺らすと手の中でぷるんぷるんと派手に揺れた。

視覚でも触覚でも僕を魅了する。

そして僕を興奮させるのは胸だけではない。

「んっ……」

先程まで余裕綽々（しゃくしゃく）だった先輩が、目を瞑って悩ましげな吐息を漏らしたのだ。

両手に幸せの感触。

耳に届くのは普段の頼りになるハスキーボイスとはかけ離れた、弱々しい乙女の囁き。

僕はいよいよ本格的に頭が眩んできた、
一体何をしているんだ。相手は寛治のカノジョだぞ。

でも僕のカノジョも寛治と今頃こんな事をしているのか。

そう思うと涼子先輩のふくよかな胸を揉みしだく手つきに力がこもる。

むにゅむにゅと餅をこねるように無心で揉む。

気がついたら僕は夢中になっていた。

涼子先輩がくつくつと笑う。

「トモ君も立派な男の子だったんだね。安心した」

「なんで先輩が安心するんですか」

「その調子で夏凛ちゃんの前でも狼になってるんだなぁって。ほら、夏凛ちゃんってああ見えても好きな人の前では奥手でしょ？　トモ君の方からがっつくくらいが丁度いいのよ」

その言葉はなんともすんなりと僕の臓腑（ぞうふ）に滑り落ちていって、心に安定をもたらせてくれた。

涼子先輩はこのスワッピングについて、二つの動機を表明していた。

『寛治に説得されたから』

そしてもう一つ。

『皆でもっと仲良くなれると思ったから』

最初は荒唐無稽な理由だと思った。しかしこうして涼子先輩が僕をより近くで観察すると、夏凛との仲のアドバイスが可能になるのだろう。

涼子先輩には下心や他意は無く、スワッピングを経て僕ら四人の一体感を深めたいという願いが本当にあるのかもしれない。

手が止まっていた僕に、先輩が部活のコーチのように声を掛けた。

「ほら、積極的。積極的」

僕の意識が少し変化する。性的な行為をしているというよりかは、なにかしらのトレーニングかカウンセリングを受けているような感覚が芽生えた。

涼子先輩に促されるまま、僕は右手で胸をこねくり回しながら左手を再び股間へと伸ばした。

二度目に触った先輩の陰部は、ショーツとタイツ越しでもはっきりわかるくらいにぐっしょりと濡れていた。

涼子先輩と目が合うと、彼女は気恥ずかしそうに笑みを浮かべて小首を傾げる。

いつも僕達を静かに見守ってくれている大人びた涼子先輩が、僕の前戯で濡れている。その事実は僕の心拍数をさらに加速させた。

僕は胸を揉む右手で乳首を掴み、左手は中指の腹で衣服の奥に潜む陰唇をなぞるように前後に動かした。

くちゅ、くちゅ、くちゅ、と控えめながらも粘り気を伴った摩擦音が聞こえる。

「んっ、あっ……あぁ……」

涼子先輩は僕の肩に手を置いて、蕩けるような声を上げた。

うっとりしたような目で僕を見上げる。

「……すごく上手ね」

「自分ではよくわかりませんが……」

「夏凛ちゃんも言ってるよ。エッチの時、トモ君がすごく優しいって」

「……そんな事まで話してるんですね」

「あら、男子組はそういう事話さないの？」

「案外ありませんね。初めての時に、寛治がコンドームを分けてくれたくらいです」

「あはは。寛治君ったらお節介なんだから」

涼子先輩は嬉しそうにそう言う。

そして会話がひとしきり終わると、リビングに再び淫靡な摩擦音が響き渡る。

くちゅ、くちゅ。

「んっ……ふぅ……」

タイツから漏れ出る粘液がさらに量を増し、指を離すと糸を引く程になっていた。

「やばい、ね……」

涼子先輩の照れ笑いは益々弱々しく、そして可憐になっている。

彼女は僕の肩に額を軽く預けると、自嘲するように言った。

「あーあ。寛治君以外で濡れちゃうとか。浮気だ。尻軽だ」

どこか冗談交じりのその言葉は、隠しきれない罪の意識が感じ取れた。

「ただの生理現象ですよ」

「フォローありがと」

そう言うと先輩は右手をそっと僕の股間に添える。

言うまでも無く僕は勃起していた。衣服に押さえつけられて痛いくらいだった。

「これもただの生理現象？」

「もちろんです」

僕らは笑い合うしかないかった。

なんだか不思議なやり取りだった。すごくドキドキしているのに、日常の延長でしかないような空気で会話をしている。

涼子先輩がそのまま服の上から股間を手の平で擦ってくる。

「うっ……」

その快感に僕は思わず腰を引いた。

他人に触られる異質な刺激に見舞われる。それが他人の恋人であればなおさらだ。

「なんだか……」

頭がビリビリと痺れる中、僕は何とか口を開いた。

「ん？」

涼子先輩は肩に額を乗せたまま聞き返す。

「こうして服の上から触られるのは初めてなので、すごく変な感じがします。じれったいというか」

「夏凛ちゃんはこう触らないの？」

「僕達は、その……いつもお互い全裸になってから始めるので」

「なんだか二人っぽいね。真面目というか」

「ただぎこちないだけですよ。他にやり方を知らないだけなんで」

「夏凛ちゃんと初めてしたのは三か月前くらいだっけ？」

女子同士の情報網はそんなところまで網羅していたらしい。

「まぁ、そうですね」

「じゃあ経験不足なのは仕方ないよ」

涼子先輩はさばさばした口調で言葉を続ける。

「私達で練習しちゃえばいいのよ。ほらほら。続けて続けて」

僕が動き出す前に涼子先輩が先手を取る。

ファスナーを下げると、なんとそこに白魚のような指を差し入れて勃起した男性器を取り出したのだ。あまりにも手際が良く、抵抗の言葉を口に出す暇も無かった。きっと寛治とする時も同じ事をよくするのだろう。

　僕は勃起した性器を見られた所為で耳まで真っ赤になった。何しろ勇猛に反り返って血管まで浮き上がらせている。はしたないにも程がある。

「恥ずかしい？」

　涼子先輩が問う。

「当たり前です。夏凛に見られるのだってまだ慣れてないのに」

「ふふ。そうだよね」

　僕は今にも震えそうな声で涼子先輩に尋ねる。

「……いつか夏凛に見せるのも慣れるもんなんでしょうか」

　先輩の返答はあっさりとしたものだった。

「慣れる慣れる。寛治君も最初は恥ずかしがってたけど今では自分から脱いでどうだこれと言わんばかりに見せつけてくるもの」

「そこまでいくと恥じらいが無さ過ぎる気もしますが……」

「でしょ？　だから『雰囲気大切にしろ』って指で弾いてやるの」

　それともう一つ。僕は気になっていた事を聞いた。

「……あの、もうついでなんで聞くんですが……」

「なになに？」

「僕のって、変じゃないでしょうか？　その、形とか大きさとか。夏凛も僕が初めてだったので、お互いの性器が普通なのかどうなのかわからなくて」

「私も別に詳しいわけじゃないからなぁ……。でもまぁこんなもんなんじゃないの？　寛治君のと大差無いように見えるけど」

そう言うと涼子先輩はむき出しになった僕の男性器をスマートに手で包み込んだ。

背筋に電流が走る。乳房の表面と同じくしっとりとした感触。思わずそれだけで射精してしまうのではないかと危機感を覚える。

「包皮も剥けてるし、清潔な感じだし。うん。いいんじゃない？　強いて言うなら寛治君より反り返ってるかも。あとは寛治君の方がちょっと長くて太いかな？」

平然とそんな事を言う。

「……ありがとうございます」

なぜかわからないがお礼を言う僕。

「あはは。なんのお礼？」

「品評、のですかね」

当然のツッコミである。

「でもやっぱり恥ずかしそうだね。ヒクヒクしてる」

「まぁ……はい」

「よし。可愛い後輩にだけ恥ずかしい思いはさせられないね。私のも見ていいよ」

なんてあっさりと言うものだから僕もつられて間の抜けた返事をしてしまう。

「はぁ。そういうものですか」

「脱いでるところを見たい？　それとも脱がしたい？」

「そ、そんなのわかりませんよ」

「エッチ中に優柔不断はＮＧだよ。それじゃあ脱がす練習しよっか」

当たり前の話だがすっかりと主導権を握られてしまっている。僕は流されるままに練習生となった。

「……じゃあ脱がしますね」

「うむ。苦しゅうない」

僕はショーツの両端に親指を掛ける。

「お、タイツごと一気に脱がす派なんだ？」

「え、おかしいですか？」

「ううん。別に。意外と大胆だなって思っただけ」

「一度に全部脱がした方が合理的だなって思っただけです」

「トモ君っぽい理由だね」

そんな会話を交わしつつ、僕はショーツをタイツと一緒に下げていった。なるべく涼子先輩の股間は意識せずに、ゆっくりと、それでいて一気に膝下まで下げる。

「……こんな感じでどうでしょうか？」

「うん。いいんじゃない。って何がいいのかよくわかんないけど。あはは」

涼子先輩はそう言いながら、中途半端に脱げていたショーツとタイツを自ら脱ぎ捨てた。最後まで僕が脱がすつもりだったので、涼子先輩のその行動はイレギュラーだった。なので中腰だった僕は不意を突かれる形で涼子先輩の股間を目の前で観察してしまう事となる。

彼女の陰部は全く毛が生えてなかった。ツルツルで、綺麗な割れ目が前方からでもくっきりと見えた。

あまりの衝撃で僕が静止していると涼子先輩が笑いながら股間を両手で隠す。

「そんなじっと見られたら流石に恥ずかしいんだけど」

「す、すみません。不測の事態があったもので」

「なにそれ」

「あの、その……毛が……」

「ああ。私ってもともとほとんど陰毛が生えてないのよ。それでちょろっとだけ生えてるのも格好悪いから剃ってるの」

「そ、そうですか」

「初めてだった？　パイパンのおまんこ見るの」

あの大人びた涼子先輩の口から、『パイパン』と『おまんこ』という語句が出たのが僕の頭を揺さぶる。アッパーカットを喰らったような衝撃だ。

「……はい」

「じゃあ、じっくり見てもいいよ」

涼子先輩はまるで新しいネイルを見せるかのように両手をどけて、無毛の恥丘を僕に開放してくれた。剃り跡も無い、剥き玉子のような肌。そして一本筋の通った割れ目。ちょこんと可愛らしい桜色のクリトリス。そのすべてが僕の視線を誘惑する。

陰毛が一切生えていない性器は無垢の象徴となりがちだが、先輩のそれは成熟した妖艶さを放っていた。

その中でも気になったのは、小豆程度のクリトリス。もちろん夏凛のものも目にした事はある。

しかし僕達がする時は絶対電気を消すし、なにより夏凛には人並み（がどの程度かはわからないが）に陰毛が生えているのでちゃんと目にした事が無かった。

「クリトリスに興味津々って感じだね」

涼子先輩がニヤニヤしながら言う。

僕は声も出せずに、ただ小さく頷いた。

「触っていいよ」

おどけた調子で涼子先輩がそう言う。

僕はふらふらと熱病に冒されたように彼女の股間に指を伸ばす。

くちゅ。

指が触れた瞬間に水音が鳴る。ぬるぬるしている。そしてなにより温（あたた）かい。

「んっ……」

涼子先輩が目と口を閉じて、ビクっと肩を震わせる。

「……いいよ。そのまま好きに弄って」

僕は言われたままに、涼子先輩の愛液に濡れたクリトリスを指の腹で擦る。

「あっ、んっ……ん」

涼子先輩が感じている。その表情はいつものサッパリとした性格の彼女からは想像もできない程に潤んだ乙女なものだった。

しかし涼子先輩はすぐさま笑顔を作り、僕に立ち上がるよう促す。

「やられっぱなしは性に合わないわね」

そう言って僕のズボンのベルトを外し、そしてズボンとボクサーパンツを脱がした。

僕はそうされている間、次に何をされるかをわかっていた。その期待で男根が痛む程に勃起する。

「ビキビキって音が聞こえてきそう」

涼子先輩がくすくすと笑う。

「……すいません」

「別に謝らなくていいよ。男の子男の子」

あやすようにそう言うと彼女はその綺麗な手で僕の男性器をそっと触れるように包み込む。僕の鈴口からは我慢汁がすでに分泌されていて、それを見られるのがとても恥ずかしかった。

「じゃあ触り合いっこしよっか」

涼子先輩のその言葉を合図に、僕らは互いの性器を刺激し合い始めた。

僕はクリトリスを指の腹で撫で、涼子先輩はシコシコと男根を扱く。

互いの手がくちゅくちゅと淫らな音を立てる。

「寛治君と夏凛ちゃんも今頃、こうやって仲良く触り合いっこしてるかな？」

「……あんまり想像しづらいですね。こんな穏やかじゃなくて、ギャーギャー言い合いながら乱暴に触り合いしてそうな気がします」

「ふふ。同感」

不思議と嫉妬は無かった。僕が涼子先輩とすでにこうしているからなのか。それとも寛治への信頼なのか。

不思議なもので、僕ら四人がパートナーを交換してこうやって肌や性器を触り合うのはごく自然な事のように思えたのだ。

それは罪悪感の相殺からくる感情なのか、それとも単純に絆の深さによるものなのかは判断がつかない。

ともかく僕は先輩のクリトリスを優しく弄り回す。

「あっん……はぁっ、あっ、あっ」

息遣いが浅くなる涼子先輩に僕は尋常ではない興奮を覚えた。

「や、すご……おちんちん、まだ硬くなってるじゃない」

「先輩がそういう声出すの、想像もしてなかったので」

「ふふ。エロかった？」

「はい」

涼子先輩も負けじと男根を扱く。しっとりとした手の平と指の腹が、優しく男性器を擦り上げた。そこに我慢汁が加わり、僕の背筋を駆け上る電流でもう立っているだけで限界な程だった。

シコシコ。

クチュクチュ。

僕らはそれぞれの手とそれぞれの性器でいやらしい音を奏でる。

カーテンが閉め切られたリビングは、真昼間なのでそこまで薄暗くもない。

丁寧な生活をしているであろう涼子先輩の心地良い匂いの中で僕は至福の快楽を味わっていた。

そんな折、涼子先輩が顔を上げる。

じっと僕の目を見つめてきた。釣り目がちな夏凛とは真逆の目尻の垂れた大きな瞳。年下の男なぞ赤子の手を捻るように魅了する宝石。

「ついでにキスもしちゃおっか？　流石にそれはまずいかな」

「ちゃんとルール決めてませんでしたね」

「でも……」

言い淀む涼子先輩に、僕が言葉を付け加える。

「やっぱりキスは無しじゃないですか」

「だよね」

いくら遊びの延長のような性行為とはいえ、超えてはいけない一線はある。

「じゃあ舌だけでしよっか」

舌だけを触れ合わせる。僕の乱れた思考回路が一生懸命にそれはキスではないのかと議論を交わす。結果として僕はそれを受け入れた。

「唇は触れ合わせちゃ駄目だよ」

そう言いながら涼子先輩が舌を差し出してくる。ピンク色の舌。

僕は涼子先輩の忠告を守るように、慎重に舌先だけを接触させるように舌を伸ばした。

チョン、と触れ合う。

温かい。ヌルヌルしている。そして独特の柔らかさと弾力。

くにゅくにゅとナメクジの交尾みたいに舌先だけで突き合ったり、絡ませ合ったりする。

そしてそのまま性器も擦り合う。

なんてエッチなんだ。僕の浅い異性経験が台風に放り込まれたように粉々になっていった。

「……これって、本当にキスじゃないんですよね？」

「私的には違うと思うけどトモ君的にはどう？」

「……判断が難しいところです」

「でも気持ち良くない？」

「それは異論ありません」

会話の際には、僕と涼子先輩の舌先には唾液の糸が橋のように掛かっていた。それがなおさら官能的に感じられた。官能的すぎて逆に確かにキスとは別の何かだなと思わされる。

再び舌だけを絡め合う。

唇だけは絶対に絶対に触れ合わせないように。

頭の中では嫉妬でこちらを睨んでいる夏凛の顔が浮かんでいたが、あまりに涼子先輩の舌が心地良い為に何もかもがドロドロに溶けていく。

当然その興奮に従って我慢汁も止め処なく分泌され、涼子先輩の細い指を粘液だらけにする。

涼子先輩の愛液も内腿を伝って床まで垂れていた。

ポタ、ポタ、とフローリングの床を僕らの体液の雫が濡らしていく。その中には唾液も混じっていた。

レロレロと舌先だけの交接を続ける。

僕は右手で涼子先輩のクリトリスを摘まみながら、左手で胸を鷲掴みにしていた。

互いの吐息が直接鼻に掛かる距離で僕らは目を細めて見つめ合う。

そこには情念も無く、恋慕（れんぼ）も無い。

しかし確かな友愛が確立されていた。

舌を伝って涼子先輩の唾液が口内に入ってくる。まるで果糖のように甘い。それを飲み干してもいいものか悩んでいると、先に涼子先輩の喉が何かを嚥下した。僕はその後を追うように彼女の唾液を飲み干す。

食道とその先の胃が温かく感じる。

かつて夏凛とこんな官能的に唾液交換をした事があっただろうか。

自分達がまだまだ未成熟だった事を痛感する。

それにしてもこれは本当にキスではないのだろうか。しつこいぐらいに自問自答するが答えは出ない。ただこのまま続けると、いずれ涼子先輩の唇が欲しくなる事は自明の理だった。

涼子先輩の少し厚めの唇はゼラチンの塊のように、見るからにぷるぷるしていた。

このままこの舌キスを続行するのは危険。

そう感じた僕は顔を離す。さっきよりも濃く唾液の糸が舌先同士で引く。その光景だけで男根がビクンと跳ねた。

涼子先輩はどうして止めたのだろうかと視線で訴えかけてくる。

僕はそれを誤魔化す為に少し前傾姿勢になると、両手を彼女の肩に置いてそのまますするとブラウスを脱がしていく。

これで涼子先輩は一糸まとわぬ姿となった。

夏凛のようなモデルめいた細身ではないが、まるで彫像のように均整の取れた肢体。起伏に富んで、丸みを帯びた雌としての完成された体型。

僕は改めて目を奪われた。そこにはもちろん性的興奮も覚えたが、それを超える神々しい美をも感じられたのだ。

そして僕は前傾姿勢のまま、涼子先輩の乳首へと口を寄せていく。まるで恒星に引き寄せられる惑星のように。

はむ、と乳首を口に含む。

「んっ」

涼子先輩が可愛げで溢れた声を漏らす。

舌で乳頭を舐め上げた。

「やっ、あっ」

さらに円を描くようにこねくりまわす。

「はぁっ……あんっ」

そしてチュウ、と音を立てて吸う。

「あぁ、だめっ……」

僕の舌遣いは決して技巧に優れたものではないだろう。それでも涼子先輩は僕の舌が乳頭に触れる度に、肩をびくびくと震わせていた。

涼子先輩の乳首はとても甘美で、このままずっと吸っていたいという願望を脳裏によぎらす。しかしそれ以上に僕を誘惑させる部位があった。

そう、割れ目がくっきりと見えている陰部である。

抗えない磁力に引かれるように、僕は膝を床について頭の位置を下げていく。その際に彼女の胸の谷間や腹部に口づけをしていく。その行為は前戯というよりかは完璧な美に対する敬意だった。しかしそれも綺麗に縦に割れたヘソまで。そこで僕の口づけが止まる。

ここで問題が発生した。というか思い出した。僕にはクンニをした経験が無い。

「……どうしたの？」

不安で動きが一瞬停止していた僕に、涼子先輩が声を掛ける。

僕は正直に答える事にした。この期に及んで嘘をついても仕方が無い。

「……あの、クンニした事なくて。しかも立ってる女性を」

「え、そうなの？　駄目だよ。ちゃんと夏凛ちゃんの隅から隅まで愛してやんないと」

上から頭頂部を冗談っぽくポコスカ叩かれる。

「……はい。至極ごもっともです。いつもした方がいいのかなと思いつつも、いざその時になると恥ずかしくて言い出せなくて」

「なるほど。じゃあちゃんと次はトモ君の方から優しくリードしてあげなよ？」

「わかりました」

「ん。よろしい。じゃあクンニも私で練習しちゃいなさい」

「一体どうすれば」

僕は涼子先輩の割れ目を目の前にして聞く。彼女は僕が喋る度にくすぐったそうに腰をくねらせていた。きっと僕の吐息がクリトリスに当たっているのだろう。小豆程度のクリトリスはもう包皮が剥けてビンビンになるほど勃起していた。

「ん〜、といっても人によってツボは違うからね。やっぱり手堅いのはクリトリスを舐める事かな。愛情表現として大陰唇を舐めるのも有りだと思う。それも優しくね」

「わかりました」

「さっきさ、乳首舐めてたじゃない？　基本はあんな感じでいいわよ」

涼子先輩はまるで保健の授業のように教えてくれる。

僕は言われた通り、乳首を舐めるような感じで目の前のクリトリスを舐める。まずは下から上へと下の腹全体を使って舐め上げた。

「あんっ」

涼子先輩が腰を引かして甲高い声を上げた。

遠ざかった腰を引き寄せる為に、両手で涼子先輩の臀部を軽く握る。そこでも僕は夏凛との違いにびっくりする。夏凛のヒップはツンと上を向いた可愛らしくも引き締まった感じなのだが、涼子先輩はまさしく桃尻と呼ぶべきたっぷりとした肉付きをしていた。しっかりした骨盤といい、こういうのを安産型というのだなと感心する。

とにかく乳肉とはまた違う柔らかさと弾力を誇る尻肉を鷲掴みにして引き寄せると、今度は舌の先端でクリトリスをぐりぐりと突く。

「あっ、あぁっ」

僕の頭を掴んだ涼子先輩の両手に力が入り、僕の髪の毛をくしゃくしゃにする。とても感じているようなのでぐりぐりを続ける。

「あっ、いぃ……いっ、いっ……それ、駄目……」

涼子先輩の声がより愛らしく、そしてか細くなっていく。

僕はここで変化球として、無毛の割れ目に舌を這わせる。

正面から舐められる範囲を終えると、僕は先輩に声を掛けた。

「もうちょっと脚を開いてもらっていいですか」

「……ん、うん……」

先程まで淡々と僕をレクチャーしていた声はどこかか弱い。

脚を開いてもらうと、両手の親指を大陰唇の外側に添えて割れ目を開かせた。

すると桃色の花弁が咲く。

まさに目と鼻の先なので、尿道や膣口までもがはっきりと見える。すべてが綺麗な桃色だった。

「そこまでされてガン見されると……流石に恥ずかしいかも」

「すみません。夏凛はここまで見せてくれないので。つい……」

「今度頭下げて誠心誠意お願いしてみなよ。好きな人の身体は隅から隅まで見たいよね」

「はい」

涼子先輩の美に見蕩れながらも今度はちゃんと夏凛の、自慢の恋人の性器を見せてもらおうと心に誓ってクンニに戻る。

ビンビンに勃起してコリコリしたクリトリス。それを円を描くように舐める。

「やあっ、あっあっ、はぁっん……」

しばらくクリトリスを放置したのが奏功したのか感度が上がっている。

「トモ君……上手だよ」

息遣いを浅くしながらそう言ってくれる。

涼子先輩の言葉や蕩けていく息遣いが僕に自信を与えてくれた。色んな事を試してみようという気概に溢れる。今度はクリトリスにキスをする。ちゅ、ちゅ、ちゅ。

「あっ、あっ、あっ」

その度に涼子先輩はビクビクと震えた。

今度はクリトリスを口に含んで吸う。

「んんんっ…………っくぅ……」

涼子先輩の声が苦しそうになり、僕の頭を掴む手が強張る。

すると涼子先輩が慌てた様子でぽんぽんと僕の肩を叩いた。

「攻守交替！　攻守交替！」

涼子先輩は僕の手を引っ張って立ち上がらせる。

そして入れ違うように彼女が腰を下ろして膝立ちになった。

僕の槍めいた男性器が涼子先輩の目の前にある。

「ほら、こんな目の前で見られると恥ずかしいでしょ？」

涼子先輩はからかうような笑みで僕を見上げる。その頬は紅潮していた。

「そりゃ……まぁ」

僕は顔を逸らして誤魔化したが、本当は両手で股間を隠したいくらい恥ずかしかった。そんな僕の内情をくすぐるように涼子先輩は声を出して僕の男性器をじっと見つめる。

「じーーー」

「勘弁してくださいよ」

「勘弁してあげない」

そう言うと、涼子先輩は不意打ちっぽく僕の亀頭にキスをした。

「わわっ……」

思わず腰を引きそうになったが、先程の意趣返しと言わんばかりに涼子先輩の両手で臀部を掴まれてしまう。

彼女が屈んだ時に何をされるかを予測すべきだったのだが、生憎と僕の頭は常に真っ白のまま行為に及んでいる。

「こら。逃げちゃ駄目でしょ」

「すすす、すいません……つい」

涼子先輩のゼリーみたいなぷるぷるの唇が亀頭に触れた。それだけでもう天国に昇りかけた。

「これからもっと気持ちいい事するんだから」

そう言いながら彼女は僕を見上げつつ、舌先で鈴口を舐める。

「ぐっ、ううぅ、うっ」

脳天に落雷めいた衝撃。

「あはっ。おちんちんバッキバキだよ。すごくビクンビクンって震えてるし。もしかしてトモ君ってフェラチオ大好き？」

「…………です」

「え？」

「……された事、無いです」

「……あら～……マジで？」

「そういう話は夏凛とはしないんですね」

「流石に生々しすぎるからね」

今にも精液が漏れ出しそうな緊迫した事態だが、なんとなく間の抜けた空気が流れる。

涼子先輩が気を取り直す風に口を開いた。

「じゃ、じゃあさ、じゃあさ、トモ君が一足先に大人の階段上っちゃおう。体験したら夏凛ちゃんに教えてあげられる事とか見つかるかもしれないし」

「そ、そうですね」

本当にそれでいいのかと自問自答する。

しかし僕の男性器はもう涼子先輩にフェラチオされる事を期待して青筋まで浮かべている。やっぱり結構です、などと言えるような状態ではなかった。

涼子先輩は耳に掛かった髪の毛を掻き上げつつ、僕の顔を覗き込みながら言う。

「ここは嫌だとかそういうのあったら遠慮なく言ってね」

そして舌を大きく出して、舌の腹で我慢汁を舐め取るように裏筋を舐めた。

「うっ」

それだけでビクンと男性器が跳ね上がる。

「あはは。暴れん坊さんだね」

涼子先輩はそのまま唇を突き出して、肉棒の裏側にキスしていく。

ちゅっ。ちゅっ。ちゅっ。ちゅっ。

その度に男性器がビクビクと揺れ、僕は射精欲に堪える為に歯を食いしばった。

彼女の口が睾丸まで達する。

これから何をされるか予想もつかなかった。

すると涼子先輩は舌を伸ばして睾丸を優しく撫でる。未知の感覚に僕の肩が強張った。そして痛みを与えない絶妙な力加減の舌の腹で睾丸を持ち上げたのだ。

睾丸を女性の舌に乗せられている。それだけでもアンモラルな蜜が頭の中で溶けだしそうなのに、涼子先輩はさらに、睾丸を咥えたのだった。

生温かい感触に包まれる。僕は無意識に口を半開きにして天を仰いでいた。

涼子先輩の口腔内で睾丸を転がされる。その度に怒張した男性器がビクンビクンと暴れた。その先端からは涎(よだれ)を垂らすように我慢汁が垂れている。

寛治の奴はいつもこんな至福を味わっているのかと親友に羨望(せんぼう)を覚えた。

ん？

待てよ。

ここで僕は一つの疑念を抱く。

寛治が普段からこのような幸福なる技巧を甘受しているのなら、それを今まさに夏凛に教え込んでいたとしても不思議ではない。特に夏凛は大人になる為の向上心や好奇心が強い。

僕の脳裏に、寛治の前に跪き、睾丸を舐める夏凛の姿が浮かんだ。

ドクン、と激しい鼓動が胸を叩く。

言うまでもなく激しい嫉妬。

しかし不思議と嫌悪感は無い。

僕達四人はいつも一緒だった。帰り道も、デートも。その上セックスだって共にしている。

だから恋人が親友の睾丸を舐める事くらいは許容範囲な気がしてきた。

そんな事を考えている間に、涼子先輩は僕の睾丸から口を離していた。

にしし、と笑いながらすっかり筋肉の塊となって反り返った男性器を指で突く。

「バッキバキだね」

「……すごく気持ち良かったので」

「今からもっと気持ち良くしてあげるね」

涼子先輩は普段通りの気さくな笑顔でそう言ったかと思えば、両手を僕の太ももに添えた。

彼女の吐息が亀頭に当たる。

僕の男性器は涼子先輩に咥えられる事を期待してはち切れんばかりに膨張していた。それを誤魔化す為に僕は話を振る。

「……寛治にもいつもこうしているんですか」

「……うん」

微かにはにかむ涼子先輩は恥じらう乙女のようだった。

「あいつは幸せ者ですね」

「絶対夏凛ちゃんにもやらせてるよ。寛治君はタマ舐めされるの好きだから」

先程の僕の想像がさらに現実味を増す。

そんな僕を見上げて涼子先輩が笑った。

「嫉妬しちゃう？」

「そりゃ、まぁ……」

「大丈夫。ヤキモチなんてしていられる暇なんて無いくらい、トモ君のおちんちんを私のフェラチオで気持ち良くしてあげるから」

涼子先輩の口からフェラチオという単語が出るだけで、もう僕の日常が音を立てて崩れ去っていくのであった。しかし瓦礫の外には新しい日常が広がっているように思える。

「……お手柔らかに」

「オッケー。それじゃ、いっただっきまーす」

涼子先輩は一息に亀頭を呑み込むと、そのまま奥まで唇を滑らせていった。

親友の恋人の口の中は温かった。

「うわっ……」

思わず情けない声が出る。

肉竿に密着するぷるぷるの唇。

柔らかい舌も絡んでくる。

様々な快楽の情報が一度に押し寄せてきて、僕はもうわけがわからなくなる。ただのコーヒーじゃなくて砂糖とミルクもたっぷり使い甘く複雑に絡んだ味わいのような快感。

涼子先輩は根本辺りまで咥えたまま、僕を見上げて問う。

「ひもひいい?」

僕は無言で何度も頷いた。

涼子先輩はそれを確かめると、ゆっくりと首を前後させる。

ちゅぱ、ちゅぱ、ちゅぱ、ちゅぱ。

手を使わずにしている所為か、涼子先輩の熱を男性器のみ感知していた。

「き、気持ち良すぎる……」

僕は思わず両手を握りしめていた。

そのうわ言のような独り言を聞いて涼子先輩がいったん口を離す。そしてやはり僕を見上げたまま言う。

その口調はいつもの頼れるお姉さんといった清涼感だった。

「私の口でもっと気持ち良くなろうね」

そう言うや否や、唇を尖らせて亀頭にキスをした。ちゅ、ちゅ、ちゅ。鈴口にすぼめた口を当てると、ちゅううう、と我慢汁を吸う。僕の全身に電流が走る。

そして再び咥えると、僕の両太ももに手を添えて首を前後させる。今度は先程より少し速度が上がり、それに伴い水音が淫靡なものに変化していた。

ちゅっぱ、ちゅっぱ、ちゅっぱ、ちゅっぱ。

「ああ……いい……」

握りしめた拳が震える。

涼子先輩は両手を添えていた僕の太ももを強めに掴むと、さらに速度を上げる。

じゅぽっ、じゅぽっ、じゅぽっ、じゅぽっ。

頭はもう沸騰寸前。何も考えられない。

涼子先輩の頬が凹み、その分唇を突き出していた。

男性器が溶ける……本気でそんな心配さえ頭に湧く。

「先輩……先輩……！」

もう男性器は射精欲で破裂しそうになっていた。

それを察しているのか、涼子先輩は一度口を離すと至って何でもない風に言う。いつもの優しい涼子先輩だった。

「初めてのフェラチオ。どこに射精したい？」

「ええ……」

そんな事を考える余力などあろうはずもない。

「じゃあ折角だし、お口にしよっか」

「……え、いいんですか？」

「嫌？　お口に精子出すの」

もう僕は息も絶え絶えだった。

「嫌では……ないですけれど……」

「じゃ、私のお口をおまんこだと思っていっぱいピュッピュしちゃおうね」

涼子先輩は可憐にウィンクしてみせる。とてもこの淫靡な空間には似つかわしくない爽やかさだった。

「は、はいぃ……」

我ながら情けない声を出す。いつもは対等な間柄だが、今この瞬間だけは捕食者とただの餌である。

「あーー……ん」

涼子先輩が大きく口を開けて男性器を咥える。

再び僕を包み込む優しい温もり。意識が弛緩しつつも、脳裏に火花が散る。射精が近い。

涼子先輩のフェラチオは、最初はゆっくり、そして徐々に速度を上げていく。

艶々の唇が唾液を塗りたくるように陰茎を擦り、時折カリでめくれる。

じゅっぽ、じゅっぽ、じゅっぽ、じゅっぽ。

「うぅ、すごい……」

僕をうならすのは唇の摩擦だけではない。巻き付いてくる舌。頬を凹ますほどの吸引。媚薬のように男根を滾らせる唾液。

そのすべてがあまりに気持ち良すぎる。

過剰なまでの快楽は僕の頭を白く染めていく。

僕は思わず涼子先輩の手を握る。彼女も僕の手を握り返してくれた。僕より小さいはずのその手はなんとも頼り甲斐があり、安心感を与えてくれる。

「……先輩……出ちゃいます……」

「ひいよ」

僕の男性器のさらなる膨張と共に、先輩のフェラチオの勢いも最高潮に達する。

じゅぽっ、じゅぽっ、じゅぽっ、じゅぽっ。

涼子先輩の本気のフェラチオ。

僕はもう射精の事しか考えられない。頭の中まで性器になったかのようだ。

「ああっ、イクっ！」

一際強く涼子先輩の手を握る。彼女もそれを握り返してくれた。

下腹部から燃え滾るような何かが尿道を駆け上がっていく。

本当にこのまま射精していいのだろうか。そんな疑念が一瞬浮かんだが、濁流のような快楽に押し流される。

「あああっ！」

びゅるっ、びゅるっ、びゅるるるる！

涼子先輩に根本まで咥えられて、彼女の喉元目掛けて射精する。

人生で一番というくらいの勢いと量、そして濃い精液が放たれたのではないかと感じた。それでも涼子先輩はえずく事もなくすべてを口で受けとめてくれる。

射精がひとしきり落ち着くと、僕は夏凛の事を考えた。

罪の意識だとかそういう感情ではなく、単純に、恋人との楽しい思い出が頭の中で浮かぶ。

僕は夏凛が好きだ。

涼子先輩の温もりで至福の絶頂を味わいながらも、恋人への愛情が改めて鮮明になった。いや、涼子先輩の温もりがあるからこそ、そう思えたのかもしれない。

その涼子先輩が僕を見上げたまま顔を離す。

「あーん」

そして僕に見せつけるように口を開いた。

歯並びの良い白い歯。桃色の口腔内に舌。そして泡立つ大量の精液。

そして口を閉じると次の瞬間、涼子先輩の喉がごくんと鳴る。

驚く暇すらなかった。

涼子先輩はニコニコしながら僕を見つめる。

「あーん」

今度は舌をぺろりと出して口を開ける。

その中にはもう白濁液は微塵（みじん）も無かった。

「ご馳走様」

「お、お粗末様、でした」

何と返せばいいのかわからずにたじたじになる。

「すっごく粘っこくて苦かったよ。トモ君の精子」

相も変わらず気さくな調子でそんな事を言う。

そしてさらには半勃ちの陰茎を咥えると、頬を凹ませる。

じゅるるるるるるる。

「うぅっ」

音を立てて尿道に残っていた精液を吸われる。その心地良さは射精と比べても遜色ない。

涼子先輩は咥えたまま喉をごくりと鳴らして嚥下していく。そして一瞬だけ顔を離すと悪戯っぽく囁いた。

「もう一回、おちんちん勃起させてあげる」

ちゅ、ちゅ、ちゅ、と丁寧に亀頭にキスをすると、ゆっくり咥えてフェラチオを再開する。それは前戯として快楽を与えるというよりは、まるで労うような優しいしゃぶり方だった。

ねっとり、まったりと唇を滑らせ、舌を這わせる。時々動きを止めたかと思うと、ちゅうちゅうと音を立てて吸う。

僕の男性器はあっという間に再び元気を取り戻す。

「あはは。寛治君より早いかも。やるじゃん」

その言葉に僕は誇っていいのかどうかわからず苦笑いを浮かべた。

「ねぇ。私だけが全裸なの、いい加減恥ずかしいんだけど？」

そう口にする涼子先輩は少しも恥ずかしそうではなく、むしろ堂々としていた。

「あ、すいません」

「脱がしてあげるね。はいバンザーイ」

僕は素直に両手を上げる。その様子に先輩はくすくすと笑った。

「トモ君は素直で可愛いね」

そう言いながら僕の服を脱がす。涼子先輩は確かに年上だけれど、単なる年功序列ではなくなんとなく彼女の声には従ってしまう魔力がある。ともかくこれで二人とも全裸だ。

互いへの愛撫もひとしきり行い、どちらの性器も臨戦態勢に入っている。

つまりはこの次のフェーズはセックスという事になる。

誰と誰が？

僕と涼子先輩。

全く現実味がない。

そんな僕の心情を察してか、涼子先輩は驚きの提案をしてくる。

「ちょっと上の様子見てこない？　寛治君と夏凛ちゃんが仲良くやってるかどうか」

僕もその様子に興味が無いわけではなかった。いや、正直に言うと興味津々で気が気でなかった。ただでさえ複雑な嫉妬を抱えているのに、直接に彼らの行為を目にしてしまったら立ち直れるかわからない。

涼子先輩が、答えに窮している僕の手を取って引っ張っていく。

「ね？　あっちがどうなってるかちょっと覗きに行ってみようよ」

結局僕は押し切られる形で涼子先輩の後をついていく。

階段を上る先輩の後ろ姿はあまりにも目の毒だった。脚を動かす度にぷるんぷるんと揺れる桃のような臀部。そしてその間から見える女性器は無毛で綺麗な割れ目ときた。

僕は視線が引き寄せられるのを必死に抵抗しながら、顔を横に向けて彼女の後に続く。

「あの、さっきも聞いたんですけど先輩は嫌じゃないんですか？　彼氏が他の女と、その、そういう事をするのが」

「そりゃあ普通に嫌だよ。自分が他の男とするのもね。でもさっきも言ったけどトモ君と夏凛ちゃんは特別なんだ。私は皆が大好きだからさ。もちろん寛治君への好きと、君達二人への好きは全然違うよ？　でも……うーん。何て言ったらいいんだろうな。君達二人への好きは単なる友情かもしれないけど、セックスに値する友情だと思うんだよね」

お尻を揺らしながら涼子先輩は言葉を続ける。

「寛治君も同じ気持ちだと思うし、多分トモ君と夏凛ちゃんもどこかでその考えに共鳴というか共感したんじゃないかな？　じゃないとちょっとお酒が入ったくらいでこんな事しないと思うよ？　いくらトモ君が流されやすい性格で、夏凛ちゃんが大人への好奇心が強い子でもね」

涼子先輩の言葉は良質な水のようにするすると喉を通って行く。

セックスに値する友情。

彼女はそう言った。そんなものがあるのだろうか。しかし確かに僕は、僕が涼子先輩とする事。そして夏凛が寛治とする事に対して、そこまで不自然さを感じていない。

涼子先輩はこうも言っていた。

スワッピングを経験する事で、四人の仲がもっと深まればいい。

その考えに対しても、あまり突拍子なものだと感じなかったのだ。

階段も終盤に差し掛かっていた。これを上り切って廊下を少し歩いたら、寛治と夏凛が二人きりでいる涼子先輩の部屋である。

階段を一つ上る度に心拍数が上がっていく。

本当に寛治と夏凛がセックスに興じているのだろうか。

階段を上り切ると、一歩先を歩いていた涼子先輩が横に並ぶ。

「なんだか緊張するね」

「……先輩はどう思いますか？　その……寛治と夏凛はしてると思いますか？」

「どうだろうね。あ、でも物音は聞こえるよ」

耳を澄ませると確かに何かぎしぎしと軋むような音が聞こえる。まるでベッドの上で何らかの反復運動をしているような……。

僕は唾を呑み込もうとしたが、喉がカラカラで何も呑み込めなかった。

そして恐る恐る部屋に近づくにつれ、物音だけではなく二人の声が聞こえてきた。

それはとてもエッチ中の甘ったるい囁き合いではなく、普段の二人通りの険悪な言い合いだった。

「だから痛いっつってんでしょ！」

「ちょっとぐらい我慢しろや！」

「どこが大人のエッチよ！　ちんぽデカいだけじゃない！」

「お前が不感症なだけなんじゃねーのか！　もっと可愛らしい声で喘いだりできねーのか！」

「トモ相手だったらガンガン喘いでるっつうの！　このヘタクソ！」

「へ、ヘタクソだぁ⁉　てめぇ俺を本気にさせたな！」

「さっさと本気になりなさいよ！　この無駄にちんぽデカ男！」

「無駄じゃねーわ！　大体お前濡れてきてんじゃねーか！」

「防衛反応の生理現象に決まってんでしょ！　バーカ！」

「そうは言いつつも俺のちんこに馴染んできてるな」

「うわ、なんか言い方がキモッ！　変態オヤジみたい！」

僕はがっくりと肩を落とした。安心したような、それとも落胆したような自分でもよくわからない感情だった。

なぜ落胆する必要があるのだろうか。僕もセックスを通じて、二人に仲良くなってほしいなどと考えていたのだろうか。

隣で涼子先輩が苦笑いを浮かべている。

「まぁ予想通りというかなんというか」

再び涼子先輩が僕の手を握ると、もう片方の手で僕に「しー」と静かにするようジェスチャーをした。そして忍び足で涼子先輩が歩いていくのを、僕も真似してついていく。

そして涼子先輩の部屋の前まで到着する。

扉は僕らが出ていった時と同じく半開きのままだった。僕らは息を殺したまま中の様子を覗く。

「オラッ！　オラッ！　メスイキしろこのクソ幼馴染！」

「するわけないでしょぉそんなガサツな腰使いで！」

二人は口喧嘩をしながら、ベッドの上で後背位をしていた。

全裸の二人が汗だくになって、寛治が夏凛の細い腰を持ってパンパンと下腹部をリズミカルに叩きつけている。その度に夏凛の美巨乳はぷるんぷるんと揺れていた。

何だろう。嫉妬や焦燥感よりも先に全身が脱力感に覆われた。セックスしている時くらい仲良くやれないのかお前らはと突っ込みたくなる。

「私も同じ気持ちだよ」

隣で涼子先輩がため息交じりに力無く笑っていた。

「でもちょっと俺のちんこの太さにまんこが馴染んできたんじゃねえのか？」

「しょうがないからあたしの方が合わせてやってんのよ！」

「愛液がぐじゅぐじゅになって白く泡立ってんぞ！　素直に本気汁垂らす程に感じてるって言え！」

「んっ、んっ、んっ……べ、別に、あんたのデカいだけのちんぽなんかで……っく……」

「ほらほら！　息遣いがあやしくなってきてんぞ？」

「……無駄口叩いてないで腰振ってりゃいいのよあんたは！」

しかしやはりと言うべきか、口汚い罵り合いの裏側には形容しがたい温かい感情を感じ取れる。これが彼らが長年培ってきたコミュニケーションなのだろう。

「前言撤回。なんだかんだで仲は良いのかな」

涼子先輩も興味深そうにそう言っていた。

涼子先輩が僕の肩をちょいちょいと指で叩くと耳打ちする。

「黙って覗いてるのも悪いし、もう下に戻ろうか」

彼女の意見に唱える異議も無かったので言う通りにしようとする。しかしそこで僕はちょっとした変化に

気づいた。

　ベッドの上で舌戦を繰り広げていた二人の口数が明らかに減ってきていたのだ。同時に部屋の中からは、どことなく甘い香りが鼻腔を突いた。僕の知っている夏凛の体臭でもあるが、それとは微かに違うフェロモンがこの部屋に充満している。

「んっ、んっ……」

　無言の中、明らかに夏凛の息遣いが変化する。どこか切なそうというか、もどかしそうな吐息。

　二人の声が無くなると、男女が交接する音が鮮明になった。夏凛の臀部と寛治の下腹部がぶつかり合う、パンパンパンという乾いた音。そしてくちゅくちゅと粘り気を伴った摩擦音。

　さらには夏凛の変化は他の箇所にも及び出した。

　しっかり握られた両手と、ぎゅっと閉じられた瞼と口は何かに耐えているように見える。

「……なんだかエッチな雰囲気になってきたね」

　涼子先輩が再び僕に耳打ちする。

　途端に僕の心臓がドクドクと心拍数を速めた。

　僕は惹き込まれるように二人が交わる姿を見つめる。

「やっ……あぁ……」

　夏凛が悩まし気な声を上げる。しかし寛治はそれを茶化したりしない。二人は顔を合わせれば売り言葉に買い言葉を交わす幼馴染から、いつの間にかセックスに熱中している男女に移り変わっていた。

　僕は黙って見守る事しかできない。夏凛の彼氏として邪魔をしようという気にすらならない。

　なぜなら夏凛があまりにも美しかったから。

「あっ、ん……」

ついに堰を切ったように夏凛の口から甲高い声が漏れる。それは寛治の下腹部による突きから押し出されるように口から溢れる。

「あっ、あっ、あっ、あっ、あっ」

同時に夏凛の眉が八の字になって、心地良さと罪悪感に塗れた表情を浮かべる。

寛治も額に汗を浮かべて、目を細めて必死に腰を振っている。

「やっ、あっ、待って……なにか……変なの昇ってくる……」

僕に嫉妬が無いと言えば嘘になるが、しかしそれ以上に胸に去来したのは夏凛への陶酔だった。

「やだっ、やだっ、イっちゃう……なんだか、おまんこ、びりびりするっ……」

羽化しようとしている。

「あっあっあっ、いいっ、いっいっ、イクイクっ、やっ、おっき♡　だめっ、こんなの、ああっ、そこ、すごいっ♡　あっいっいっいっ……」

大人になろうとしている。

「……こんなの初めて……あたし、知らない……」

不安そうにそう言う。僕に対するやましさも感じ取れる。

僕の知らない声。僕の知らない顔。僕が与えた事の無い快楽。

「イクっ！　イクっ！　イクっ！　だめっ、トモじゃないと……あぁっ、イック!!!」

一際大きな声を上げると、彼女は背中を弓なりにしならせて大きく痙攣する。その華奢な背中があまりに綺麗で、夏凛に美しい羽根が生える幻覚を見た。

夏凛は両手でよりいっそう強く握り拳を作り、全力疾走したかのようにはぁはぁと息を弾ませている。その全身は遠目で見ても汗でびっしょりだ。

彼女が発した絶頂した雌の香りが廊下まで漂ってくる。それは僕を身震いさせる程に甘美で、どこかビターだった。

夏凛がびくんびくんと全身を震わせている間、寛治はピストンを中断させていた。

「……締め付けすぎなんだよ、お前」

そう力無く悪態をついていたが、夏凛は返事をする事は無かった。

親友と繋がったまま絶頂している夏凛に魅入られていた僕を現実に戻したのは涼子先輩だった。僕の手を引っ張ってその場を離れようとする。

「次はトモ君が私を気持ち良くする番だね」

余裕のある笑みで僕に向かって小声で言う。

そして視線を僕の股間に移すとくすりと笑った。

「おちんちんすごい事になってるよ。サイの角みたい」

気が付けば僕の男性器はヘソにつきそうな程にそそり立っていた。僕はどうしようもないほど興奮していたのだ。

「夏凛ちゃんの可愛いところを見てやる気出しちゃった？」

その場では取り繕うように笑うだけ。

リビングに戻ると僕と涼子先輩はソファに腰掛けた。肩を寄せ合うでもなく、人一人分離れているわけでもない微妙な距離。

僕は日本刀のように一本筋を通して勃起している男性器とは裏腹に複雑な感情が渦巻いていた。

涼子先輩は僕がそんな気持ちを吐露するのを待ってくれている。優しくて思慮の深い人だ。この人にならなんでも腹の内を話せるような安心感がある。

「……先輩」

「なぁに？」

「僕は夏凛をあんな顔にさせたり、あんな声を出させた事がありません」

「うん」

「ましてやイかせた事もありません」

「うん」

「……大人になった夏凛はとても綺麗でした」

「そんな簡単には大人にならないよ。君達も。私も」

「でも、すごく遠くに行かれたような気がしたんです。それで、空に羽ばたこうとしていた彼女を縛り付けていたのはやっぱり僕なんじゃないかと自分の至らなさに落胆しています」

「真面目だなぁ」

涼子先輩は両手を広げて僕に差し出した。

「ほら、おいで。言葉じゃなくて、トモ君の体温で気持ちを伝えて」

僕は縋りつくように涼子先輩に抱き着き、そしてどちらからともなくソファに倒れ込んだ。

今から僕は、涼子先輩とセックスする。

夏凛への意趣返しではない。

ただ、彼女の背中を追いたいという気持ちはあった。

いつの間にか僕の目から涙が一筋流れていたらしい。涼子先輩はそれを指でそっと優しく拭うと、やはり優しい笑顔で囁く。

「ショックだったよね」

「……はい。でも大丈夫です。先輩が言ってた事もなんとなく理解はできましたし……まだ完全に納得はできてませんけど」

「うん」

「それに……なんて言うかただ落ち込んでるっていうか、自分も頑張らなきゃなって向上心の方が強いです」

「よしよし。それでこそ夏凛ちゃんの彼氏だ」

涼子先輩はあやすように僕の頭を撫でる。それが妙に安堵を誘う。

「……あの、コンドームは？」

「財布の中にあるけど……無しでしちゃおっか」

「え」

「トモ君も大人のエッチしちゃう？」

僕はどういう反応をしたらいいのかわからず硬直してしまう。そんな僕を見て涼子先輩がにやにやしていた。

「冗談だよ」

そう言いながらリビングテーブルに置いてあった財布に手を伸ばすと、一枚のゴムを取り出した。

「からかわないでください」

「あはは。さっき一瞬男の子の顔になったね」

そう言われると反論できない。

男とは現金なもので、どんなに動揺していても目の前に美味しそうな餌をぶら下げられると、目の色が変わってしまうものなのだった。

涼子先輩は仰向けで寝たまま首だけ少し浮かして、コンドームを僕の陰茎に添えてそのまますするすると着けていく。

夏凛とする時はいつも自分で着用していたので、なんだか他人の手で着けられるのは気恥ずかしい気分にさせられた。

「夏凛ちゃんとする時はいつも着けてるの？」

「はい」

「生でした事無い？」

「無いですよそんなの」

「真面目で偉い」

涼子先輩はそう言うと、ニコニコしながら言葉を続けた。

「じゃあ今度、お姉さんと練習しよっか」

そして持ち上げていた頭を倒して、僕の首に両手を回す。

冗談なのか本気なのかわからず、なんというか、年上の女性ってずるい。そう思った。

「ほら、来ていいよ」

母性すら感じる柔和な笑みでそう言いながら、亀頭を膣口に当てがってくれた。あとは僕は腰を押し進めるだけだ。

スワッピングの混沌たる雰囲気で揉みくちゃにされていた僕の精神が、涼子先輩の微笑みと小声で安寧を得る。

「……失礼します」

そう言うと、僕はゆっくり涼子先輩と一つになっていく。

にゅるりと滑るように僕のいきり勃った陰茎が涼子先輩の中に潜り込んでいった。

夏凛のような他人を拒絶するがごとく締め付けはない。夏凛のそれは気を抜くと男性器が押し出されそうな程に窮屈なのだ。

しかし涼子先輩は優しく抱擁してくれる。

むにゅむにゅと四方八方から柔肉の壁で男根を抱きしめ、愛でてくれる。

温かい。

陰茎を根本まで挿入すると、あまりの居心地の良さに全身が弛緩する。

その挿入感は安心感という名の愉悦で僕を恍惚に震わせた。

「……んっ」

涼子先輩が目を瞑り、甘い吐息を漏らす。その事実がさらに僕を高揚させる。

彼女はゆっくりと目を開けて、照れ臭そうに笑う。

「私達もエッチ、しちゃったね」

「……はい」

僕は上半身を倒して涼子先輩に圧し掛かる。涼子先輩のシャンプーの香りが甘い。

涼子先輩が耳元で囁いた。

「動かないの？」

「先輩の中、すごく気持ちがいいんです」

「そっか。うん。私もトモ君のおちんちん、すごく気持ちいいよ」

「本当ですか？」

夏凛のあんな姿を見せられたら、どうしても男として寛治の方が上なんじゃないかと不安になる。

「本当だよ。寛治君と違ってトモ君のはこうググって反り返ってるから、いいところに当たるって感じ。これで動かれたらすごく気持ち良さそう」

涼子先輩は明け透けに、でもちょっぴり気恥ずかしそうにそう言った。

僕もすっかり落ち着いた心持ちで返答する。

「僕の方こそ急いで腰を動かしたら、あっという間にイっちゃいそうです」

涼子先輩の膣壁はウネウネとまとわりついてきて、ざらざらとした粒が立っていた。挿入しているだけでも身悶えしたくなる快楽を与えてくれる。

それにしても不思議な感覚である。

間違いなく僕と涼子先輩はセックスをしている。

勃起した男性器を女性器に挿入している。なのに性的な行為をしている感覚が非常に薄い。

気が付けば緊張も無くなっている。

僕は思わず小さく笑ってしまった。

「どうかした？」

「なんだか不思議なんです。いざ肌を合わせてみても、セックスをしているって実感が湧かなくて」

「わかる」

いつも皆で一緒にいる時に感じる温かみ。一緒に登下校や勉強会、デートをする。それの延長線でしかないような日常感。

涼子先輩が嬉しそうに言う。

「やっぱり思った通りだ。私達の友情に掛かればセックスなんてお遊びみたいなもんなんだよ」

そこまで達観できているかはまだわからない。でも僕と涼子先輩が、そして夏凛と寛治がそれぞれ一つになっている事にそれ程違和感は無い。引いては四人が一つとなっているような結束感のようなものも感じる気がする。

僕はその不思議な感情の正体を確かめる為、涼子先輩の事をもっとよく知ろうと思った。

ゆっくりと腰を動かす。

「あっ……ん」

「どうですか？」

「んっ、んっ……気持ちいいよ……あっ、い」

涼子先輩の腕が僕の首に巻きつく。

「やっ、ん……はぁ、はっ……」

彼女の吐息が僕の耳たぶに直接当たるのが妙に官能的で、僕の腰を加速させる。

「あっ、いっいっ、そこ……あぁ、はっ」

涼子先輩の声が一オクターブ上がる。

彼女は少しはにかんで言う。

「やっぱり気持ちいいとこ当たる……トモ君の勃起おちんちん」

僕はなんだか嬉しくて頬が綻んだ。

「あ、なんか照れてる」

涼子先輩に茶化される。

「そういう事言われたの初めてなんで」

「夏凛ちゃんは言わない？」

「夏凛とのエッチの時は喋らないですからね。お互いガッチガチで。こんなリラックスした精神状態でやれないですよ」

「両想いだもんね。私も寛治君とする時はもっとムード大切にするかな」

二人でクスクスと笑い合う。

そしてどちらからともなく、僕らはまた舌だけでキスをした。舌先だけでくにくにと突き合う。

並行して腰を動かす。ゆっくり焦らず、長めのストローク。

「んんっ、あっ……いい」

「こうですか？」

「うん、そこ……あっあっ……おちんちん擦ってきて……あぁ、いい……はっ、ん……」

少しピストンの角度を変えるだけでも、涼子先輩の音色が顕著に変わる。

涼子先輩が一流のピアノだとしたら今の僕は奏者だ。

寛治は見事に夏凛の魅力を最大限まで引き出して奏でた。

そんな彼らのセックスに少しでも追いつく為に僕は一生懸命もがく。たとえ泥臭くみっともなくても、僕には愚直に努力するしか能が無い。

「先輩の気持ちいいところ、もっと教えてください」

「意外と熱い男の子だったんだね」

「……僕ってどういう印象だったんですか？」

「いつも冷静沈着。寡黙で知的な男の子」

「こんな時くらいはなりふり構ってられませんよ」

涼子先輩は僕の言葉に対して、嬉しそうに口角を上げた。

セックスを経て皆の仲をより深めたいという彼女の願望からすると、僕の言葉は喜ばしいものだったのかもしれない。

「もう少し浅いところを、カリで擦るように意識してみて」

「こうですか？」

言われた通りに腰を動かす。

「んっ、んっ……もうちょっと浅いところ」

「ここ？」

「あっん、そう、そこ……そこ、繰り返しておちんちんでゴシゴシして」

促されるままに僕は集中して涼子先輩の弱点を反復して摩擦させる。

「あっ、あっ、あっ、あっ、あっ」

すると彼女は切なそうな声を上げて顎を引いた。

「あっ、いっ、いいっ、トモ君、きもちっ、あっあっあっ」

僕はその喘ぎ声をもっと聞きたくて、腰を振る速度が上がる。

「あっ、あっ、すごっ、おちんちん、すごく当たる……」

もちろん気持ちいいのは涼子先輩だけではない。彼女の膣壁の天井は細かい粒でざらついており、抽送する度に陰茎にびりびりと心地良い刺激を与えてくる。気を抜けばすぐに射精まで導かれそうだ。

「ね、トモ君……たまにぎゅって奥までおちんちん押し込んでみて」

「こうですか?」

ゆっくりと、男根の根本まで見えなくなるように肉壺に押し込む。

「ん～～～っ♡」

涼子先輩はただでさえ細い肩幅をぎゅっと縮めた。

そして薄目で僕を見ると、艶やかな声色で僕を責めた。

「……トモ君のおちんちん……エッチすぎだよ」

涼子先輩の方が余程エッチだと思ったが、流石に口には出せなかった。しかし僕の不平は見透かされていたようで、涼子先輩に優しく頬をつねられる。

「なにか言いたそうな顔してる」

「……先輩の方が余程エッチでしょって思いました」

「うそ。そんな顔してた?」

「反則です」

無表情で淡々とそう言う。

僕はピストンを再開しながら一言足した。

「でも、可愛さなら夏凛が世界で一番ですけど」

「私だって寛治君の逞しさが一番好きだし」

ソファがぎしぎしと揺れる。すると涼子先輩の表情がすぐに蕩ける。

「あっ、あっ、あっ、あっ、あっ」

僕は教えられた通りに、まずは浅いところを丹念に擦る。

「あっいっ、いっいっ、いいっ、それっああっトモ君♡」

そして頃合いを見計らっては、ぎゅうっと下腹部を押し付けるように挿入する。

「はぁ、っん！」

涼子先輩の背中が浮かび上がる。たぷんと揺れる豊かな乳房。薄っすらと透ける肋骨。綺麗な形のヘソ。すべてが美しい。

彼女の裸体を前にしたらどんな雄でも獣じみた性欲を掻き立てられるだろう。僕だってそうだ。

しかし不思議と、この人のすべてが欲しいという欲求は生まれてこない。

夏凛とのぎこちないセックスでも、僕は毎回恋人の隅から隅まで欲するのに。

こんな刺激的で快楽だらけのセックスをしているのに、涼子先輩に対してはもっと仲良くなりたいという性とは関係無い意欲が湧き起こる。

それでも僕と涼子先輩は息遣いが荒くなり、全身に汗を浮かばせて性器を擦り合わせる。

「先輩、いつもありがとうございます」

「なに、急に？」

「僕ら四人が楽しくやれてるのは先輩のおかげだと常々思ってます」

涼子先輩は僕のピストンで胸を揺らしながらくつくつと笑う。

「なんでまたセックス中にそれ言おうと思ったの？」

「わかりません。射精したくなってきたら、先輩へ感謝を伝えたくなってきたんです」

セックスするくらいの親しき仲にも礼儀あり。親しき仲にもセックスありというべきか。

「精子、びゅーびゅーしたくなってきたの？」

「ちょっと」

「じゃあトモ君がしたいように腰振っていいよ」

「でも先輩がまだイってません」

「大丈夫。もう十分気持ちいいから、トモ君にガンガン突かれたらきっとイっちゃう」

「……わかりました。じゃあ遠慮なく」

「うむ。私のおまんこ、オナホ代わりにおちんちんズボズボしていいよ」

僕は涼子先輩の膝裏を軽く抱える。

「それじゃあ、その……頑張ります」

「おいで」

僕はただ自分が気持ち良くなる為だけに腰を振った。

膣壺がぐちょぐちょといやらしい音を鳴らす。

「あんっ、あんっ、あんっ、あんっ」

涼子先輩は目を閉じて気持ち良さそうな顔を浮かべる。

それ以上に快楽の渦に巻き込まれているのは僕だった。

ただ漫然と腰を振るだけだと涼子先輩の胎内は気持ちが良すぎる。

程よい締め付け。温かい膣壁。うねるように絡みついてくるヒダヒダ。

「やっ、あっ、トモ君っ、はげしっ……」

まずい。思った以上に速く射精が込み上げてきた。しかし涼子先輩の絶頂はまだのように見える。苦肉の策として僕は腰を振りながら気を紛らわせる為に口を開いた。

はぁはぁと呼吸を荒らげながら言う。

「……先輩……いまさらですけど、夏凛との仲を取り持ってくれてありがとうございました」

「んっんっあっ……ほ、本当にいまさらだね……急にどうしたの？」

「いや、その、なんとなく」

涼子先輩はとろんとした顔のまま、柔らかく頬を緩めた。

「……さては射精したくなってきちゃって、会話で気を紛れさせようって魂胆？」

すべてお見通しである。誤魔化さずに素直に認める。

「まぁそんな感じです」

「気にしないで出しちゃっていいよ」

「駄目ですよ」

「どうして？」

「年功序列？」

「あはは。私達の間にそんなの無いじゃない」

「でも真面目に、先輩をイかしたいんです。男として成長したいというか。そうじゃないと夏凛に顔向けできません」

「うむ。その意気や良し。じゃあ私と一緒にイこうね」

「はい」

涼子先輩から貰った使命感で、僕の勃起は射精欲と向上心の塊となる。

「あっあっ、あいっ……んっ、んっ、さっきより、おちんちん、硬い……♡」

「硬い方が、いいんですか？」

「うん、私は、好き……硬いおちんちん、好きっ……きっと夏凛ちゃんも同じだと思うよ」

その言葉に安堵を覚える。

「夏凛ちゃんは幸せ者だね。こんなカッチカチのおちんちんで愛してもらえて」

「……夏凛との時は緊張しちゃって、こんな痛い程には勃起しないかもしれません」

「そっか。でもきっとトモ君の気持ちは届いてるよ……あっん♡　あっあっ、奥、届いてるっ♡　すごっ、あいっ、いっいっいっ、イク……トモ君……私……イっちゃう……」

「……僕ももう……限界です」

お互い張り詰めた声で報告し合う。

「やっ、あっあっ、精子出したがってるおちんちん……すごくエッチ……」

「先輩……先輩……」

頭の中はもう射精欲で埋め尽くされそうになった。しかしその中央にはしっかりと夏凛への恋心が変わらず鎮座していた事が、僕を安心させた。

「来て……いっぱい精液出して……おちんちん、楽にさせてあげて……あっあっあっ、イクっ、イクっ、イクイクイクイク♡　あああっ！」

どう射精するべきなのかを打ち合わせしていなかった事に気づいた。やはりいくらコンドームをしているとはいえ、膣内で出すのは憚られた。

僕は腰を引いてコンドームを引き抜く。ほぼ同時に精液が尿道を駆け上がり、びゅるると音を立てて涼子先輩の身体に飛び散っていった。

顔から乳房、お腹を白く染めていく。

「あっ、やん……はぁはぁ……沢山、出たね……」

涼子先輩は自分に付着した精液を確認すると、目を閉じて身体中を弛緩させた。満足したのがリラックスした様子から伺える。

僕もまさに天に昇るような絶頂を経験させてもらった。

そう、二人分の足音が階段から降りてくるのに気づかないくらいに集中していたのだ。

そこには全裸の夏凛と寛治がいた。

「……トモ……」

ショックを受けたのか、不安そうな声を上げる夏凛。

「いや、これは、その」

「トモの馬鹿っ！」

夏凛は踵を返して階段を駆け上がっていく。

僕はまだ射精も完全に収まっていないのにその背中を追おうとした。

しかし慌てすぎてソファの背もたれで蹴躓いて顔から床に不時着してしまう。

その音を聞いて夏凛が再びUターンして僕のもとへ駆け寄り腰を下ろした。

「大丈夫⁉」

僕は無様にも鼻血を垂らしながらも大した事は無いと伝える。

「……それより、ごめん……」

何に対しての謝罪なのかわからなかった。スワッピングは皆で決めた事だ。その決定自体が軽はずみだったという事か。いや違う。

「なんで謝るの？」

夏凛が涙を零しながらティッシュを丸めて僕の鼻に詰めつつ問う。

「……あまり大人になれなかったよ」

不甲斐なさそうに首を垂れる。

涼子先輩とのセックスによる精液はまだ亀頭から漏れていた。

「心配すんなよ。こいつもガキのままだし」

そう笑う寛治の股間を夏凛は裏拳で殴り、寛治はその場で呻(うめ)きながら倒れた。

「大好きだからね」

夏凛は脈絡もなくそう言うと僕の胸に頭を預ける。

「僕も大好きだよ」

そう抱き返し、泣き合う。傍らには股間を抑えてのたうつ寛治。そんな僕らを涼子先輩がソファから顔だけ出してニコニコ笑っていた。

それで僕らの初めてのスワッピングが幕を下ろす……はずだった。

第二話

「よぉしっ！　準備運動は終わったな！　こっからが本番だぜ！」

全裸の寛治が仁王立ちでそう宣言した。

とはいえ涼子先輩の部屋に戻った僕ら一同に全裸じゃない人間はいない。寛治以外の僕らはベッドに腰掛けてそれぞれ毛布やら布団やらにくるまっている。

「なに言ってんの。頭おかしいんじゃない」

夏凛がゴミを見るような目で吐き捨てるように言う。

「お前は俺のちんこ見すぎな？」

「すいません先輩。ハサミ貸してもらえます？」

「寛治君のおちんちん切るのは勘弁してあげて。私も困るし」

そんなやり取りの後も寛治はまるで恥じらう事もなく局部も曝け出している。

僕はそんな彼に問う。

「本番ってなに？　これでもう寛治の願いは叶ったんじゃないのか？」

「いーや。俺達四人の友情道はまだ麓に足を踏み入れたばかりだ。頂上はまだまだ遠い。なぁ涼子！」

「うーん。そうねぇ。確かに私としてはこの調子で皆ともっと仲良くなりたいかな」

寛治はともかく僕ら四人組の支柱である涼子先輩に同意されると途端に僕と夏凛の発言権が弱くなる。しかし夏凛は不満があるのは引き下がらない。

「なによ友情道って！　人をあんな……あんな……」

夏凛が怒りでわなわなと打ち震えていると寛治が補足する。

「イキ狂ってたわな」

「先輩。この部屋に斧とかありません？」

夏凛は無表情でそう問う。

「ごめんね。置いてない」

「いやでもな夏凛。聞いてくれ。そのイキまくった先に俺達の本当の友情が芽生えると思わないか？」

「やっぱりあんた頭おかしいんじゃないの。さっさと病院行きなさいよ」

「でも実際俺とセックスしてみてどうだ？　俺に恋心でも生まれたか？」

「生まれるわけないでしょ！」

「だろ？　だから俺達にとってセックスなんて遊びでしかないんだって」

涼子先輩と似たような事を言う。

「……でも、ああいうのは好きな人とするべきものであって」

夏凛も食い下がる。

「そんなもん社会が作った常識だ。捨てちまえ捨てちまえ」

「ていうかあんたを生ごみに捨てれば話は丸く収まるのよ」

夏凛の剣呑とした言葉にも寛治は全く動じる事もなく演説を続ける。

「俺は涼子とトモを心の底から信じてる。でもやはり嫉妬はした。俺は夏凜にこれっぽっちも女を感じていない。それでも刺激的な射精に至った。俺の求める刺激は確かにそこにあったんだ」

「わー」

涼子先輩が可愛らしく拍手をしながら合いの手を入れる。

いや、わーじゃなくて止めて欲しいのだが。

夏凜がうんざりした顔で言う。

「だったらもういいでしょって言ってんの。あんたの悲願は達成されたんでしょ」

「いいやまだまだだ。俺の溜まりに溜まった性欲はこんな程度じゃ収まらない」

「先輩。こんなケダモノとはさっさと別れた方がいいですよ」

夏凜が真顔で涼子先輩にそう言う。

「こう見えて繊細なところもあるのよ。そこが可愛くって」

女子二人のトークも無視して寛治は止まらない。

「それにこれは俺一人のワガママで始まったわけじゃない。そうだろ？　涼子はどうだ？　もっと仲良くなりたいって言ってたがこれで十分なのか？」

「うーん。私としては皆がごちゃまぜでセックスするのが当たり前に感じるレベルまで友情を深めたいかな。そうなると背徳感とか非日常感は無くなっちゃうから寛治君の求める刺激とは相反しちゃうけどね」

「それはそれで考えもんだな。まぁいいや」

いいのかよ。

「夏凜。お前はどうなんだよ。大人になりたかったんだろ」

　夏凛は不機嫌そうに呟いた。

「……わかんない」

「わかんない事ないだろ。少しは成長したとか経験値が増えたとかあるだろ」

「だってわかんないもん。その……やっぱりエッチは……ただのエッチとしか思えなかったというか……」

　寛治に対しては負けん気の強い夏凛がやけに歯切れは悪い。

「なんだよゴニョゴニョと。いつもはピーチクパーチクうるさいのに。トモは？　お前らも俺らがしてるところを覗いてたよな？　それ見てどう思った」

　どうやら寛治は僕と涼子先輩の視線にきづいていたらしい。

「えっ！　トモ見てたの？」

　夏凛が目を見開いて驚く。

「ごめん。ちょっとだけ。どうしても様子を見に行きたくて」

「うー……」

　夏凛は不満気に僕を睨むが、それ以上何も言わなかった。自分も僕と涼子先輩のセックスを見たのでおあいこという事なのだろう。

「ただ……」

「ただ？」

　僕は本音を口にする。

「寛治は実際僕よりセックスに手慣れているんだと思った。そしてそんな寛治に抱かれて気持ち良さそうな夏凛は、すごくすごく綺麗に感じたよ」

夏凜が顔を真っ赤にする。

「そ、そんな事で褒められても……なんだか複雑なんだけど」

「そうだね。本当なら僕が夏凜をもっと綺麗にさせてあげるべきなんだと思った。でも僕はまだまだ力不足で……歯痒かったかな」

涼子先輩がそこで手を上げる。

「そこでほら、私という練習相手がいてウィンウィンなわけじゃん？」

夏凜が慌てて止める。

「そ、それは駄目！」

「どうして？」

「……涼子先輩、あたしより魅力的だもん」

寛治が呆れるように言う。

「なんだお前。涼子にトモを取られるなんて心配してんのか」

「あ、当たり前の感情でしょ！　綺麗な人とエッチまでして、絆される事だってあるかもしれないじゃん」

僕は夏凜の手を取って、彼女の目を真っすぐ見た。

「夏凜。それは無いと断言できるよ。射精する時までずっと夏凜の事を考えてた」

夏凜は耳まで赤くして顎を引く。そして弱々しく言った。

「……あたしも、ずっとトモの事考えてた。どんだけ寛治の馬鹿に変にされちゃっても……ずっと」

僕はその言葉をすんなりと信じた。僕も同じ経験をしたからだ。

僕と涼子先輩の間にあったのはただの快楽で、それ以外の不純物は何も無かった。

「おらおら。イチャイチャしてんじゃねえぞ。そういうのは二人きりの時にやれ。今は四人で遊ぶ時の話をしてんだ」

「遊びって……」

夏凛はやはりまだ納得できないようだ。

「遊びだよ遊び。このメンバーでよく行くカラオケ、ファミレス、テーマパーク。それらとなにも変わらないだろ」

「んー………」

眉間に皺を寄せて夏凛が唸る。そんな彼女の手を僕はより強く握りしめた。

「夏凛。僕の正直な気持ちを話すよ」

夏凛は顔を上げて僕をじっと見つめる。

「僕は寛治の話にこのまま乗ろうと思う」

夏凛が不安そうに問う。

「……先輩としたいから？」

「違う。夏凛を大人に導けるような一人前の男になりたいから。きっとこの行為は僕の価値観を大きく広げてくれると思った。それは僕を成長させてくれる。そして夏凛が危惧しているような事も起きないと確信したんだ」

「絶対に？」

「絶対に」

「エッチな感情抜きで？」

「さっきも言ったけど、寛治に抱かれている夏凛はすごく綺麗だったと思うし興奮した」

「もうっ！」

夏凛が僕の肩を叩く。

「でもすぐに寛治よりも場慣れして、綺麗な夏凛を独り占めする」

夏凛は俯いて考え込んでいた。

僕はもちろん、寛治や涼子先輩も黙って答えを待った。

夏凛の指が僕の爪を撫でる。

「……わかった。私もトモに負けない大人になる」

その返答に寛治が嬉しそうにふんぞり返った。

「おー。俺を踏み台にして精々イイ女になるんだな」

「あんたに言われるまでもないわよ」

「よし。それじゃあ今一度契りを結ぼうぜ」

寛治はそう言うと手の甲を上にして右手を差し出した。どうやらその手の上に皆の手を重ねろという事らしい。

「なによ契りって。馬鹿みたい」

「こういうのは形が大事なんだよ形が」

僕が涼子先輩に目配せすると、彼女は肩を竦めてウィンクした。こうなった時の寛治はもう涼子先輩でも止められないのだ。

「私も乗った」

涼子先輩が立ち上がって寛治の手に右手を重ねた。

彼女の裸を一番見慣れていない夏凛が頬を赤く染めて呟く。

「ちょ、ちょっと先輩……大胆過ぎ」

そして一呼吸置いて僕も立ち上がり、さらに涼子先輩の上に手を重ねる。

「流石トモ。話がわかる」

寛治が白い歯を見せて笑う。

「まだ全てに納得したわけじゃない。今でもこの状況に困惑してるさ。でも試してみる価値はあると思った」

残るは夏凛だけ。

彼女は口をへの字にしてもじもじしている。

「……どうでもいいけどなんで皆全裸のままなのよ」

寛治が答える。

「これから裸の付き合いも増えるんだから気にしたってしょうがないだろ。今の内に慣れとけ」

むすっとする夏凛に僕は手を差し伸べた。

「……トモはそれでいいの？」

「これが正解の道かどうかはわからない。でも夏凛と一緒に歩いていってみたいんだ」

「……一つだけ聞きたいんだけど、あたしと寛治の馬鹿がしちゃってるとこ見て……嫉妬した？」

「したよ。胸が焼き切れそうだった」

「どうして？」

「夏凛がどうしようもなく好きだから」

僕は考えるまでもなく即答した。

「……先輩としてる時もずっとあたしの事考えてくれる？」

「うん。約束する」

夏凛はため息をつく。

「わかった」

そう言うと立ち上がった。そして顔を真っ赤にしながらも僕らの手にその小さな手を重ねた。

「こんな事で大人になれるかどうかわかんないけど、トモが行くっていうんならついていくわよ」

全員の手が重なると同時に心も一つになる。

「全員全裸だと恥ずかしくないよね」

「いや恥ずかしいでしょ」

涼子先輩の声に夏凛が素早く突っ込む。

寛治が咳払いをして、神妙な声を出した。

「え～……我ら生まれた日は違えども……」

「なんで桃園の誓いなんだよ」

こっちはこっちで僕が指摘する。

「じゃあこういう時なんて言えばいいんだよ」

「……知らないけど、普通にえいえいおーとかでいいんじゃないのか」

「じゃあそれで。涼子。年長者として頼むわ」

「了解。それじゃみんな仲良く～～～？」

『えいえいおー！』

そんな音頭をやりきると、夏凛が何だこれという複雑な苦笑いを浮かべていた。

「なにこれ……」

「あまり真面目に考えるな。ノリだノリ」

「……で、これからどうすんのよ？」

「どうするもこうするもあるかよ。セックスだよセックス」

「は？　さっきしたでしょ」

「若者が一発で終わるかよ。皆で限界まで肉体をぶつけ合うんだよ」

まるで相撲の稽古のような言い方をする。

寛治は言葉を続けた。

「しかもさっきみたいに別々の場所に別れるなんてせせこましい事はしないぞ。やっぱりスワッピングは同じ部屋でやってこそだからな」

「えぇっ！　そんなの無理！」

夏凛が言葉尻に噛みつく。

「うるせえ。チームワークを乱すな」

「なによチームって」

「俺達はもう一蓮托生。運命共同体。攻守一体のチームなの」

「わけわかんない」

夏凛は相変わらず寛治の言葉には不満そうにぶつぶつと呟いている。

とはいえそのような態度は見せつつも徹底的な抗戦とまではいかず、場の雰囲気に流される。

「じゃあトモ。俺の隣に立って」

「どうして?」

「いいから」

僕も寛治の押しの強さにやれやれと従う。

全裸の僕と寛治が並んで立つ。それにしてもいまさらだが、いつも遊んでいる涼子先輩の部屋で皆が全裸というのはすごい光景だ。すごい光景なんだが、あまり違和感は無かった。皆が裸だから恥ずかしさもそれほどない。

「よし。じゃあフェラチオをしてみようか。夏凛は俺の。涼子はトモの」

「オッケー」

涼子先輩がカーペットの敷かれた床に座ると、僕の腰の前までやってくる。

「ちょ、ちょ、ちょ。先輩待って待って」

夏凛がそれを止めようとする。

「おいおい夏凛。テンポを乱すなよ」

「だ、だって……先輩がトモのを……その、舐めるって事でしょ? そんなの……」

夏凛が両手の指を弄りながらごにょごにょと言う。

「ごめん夏凛。フェラチオはさっきしてもらった」

僕がそう言うと、夏凛はガーンという擬音が背後に見える程に衝撃的な表情を見せる。

「なに驚いてんだよ。お前だってさっき俺の舐めただろ」

寛治のその一言は、やはり僕の心臓にガーンという擬音を打ち鳴らした。

「あ、あれはちょっと先っぽ舐めただけじゃん！　それでやっぱり無理ってなって……だからしてないからね？」

夏凛は誤解だと言わんばかりに僕に熱弁する。そこで涼子先輩が間に入った。

「まぁまぁまぁ。お互い練習だと思ってさ」

「練習って……」

「寛治君で場数踏んで、トモ君を楽しませてあげるぞって意気込みで、ね？」

「そうだそうだ。俺のちんこを踏み台にしてイイ女になるって誓ったろ」

「そんな誓いはしてないわよ」

そんな事を言い合ってる内に、涼子先輩が僕の勃起していない陰茎を咥える。

「ほら、モタモタしてるからトモのちんこ、涼子に喰われたぞ」

夏凛の背後に再びガーンの擬音が見える。すでにグロッキー状態だが、それでも負けてたまるかという気概が彼女を奮い立たせる。

「や、やればいいんでしょ……やれば」

夏凛も寛治の前に跪く。

「って、なんであんたもうちょっと勃ってるのよ！」

「いや、涼子がトモのをしゃぶってるのを見てたら興奮してきた……なぁ涼子。俺にする時よりもなんか妙にエロくないか？」

「トモ君は初心者なんだから優しくしないと駄目でしょ」

「俺の時もそれくらいねっとりとやってくれよ」

「はいはい」

一見すると気負いの無い会話を交わしているように見えるが、どことなく二人とも緊張しているのを感じた。それもそうだ。いくら恋人歴が長かろうが、こんな状況で平常心を保つのは難しい。

そして涼子先輩が僕の性器を咥えているのを間近で見て、興奮しているというのも本当らしかった。

触られてもいないのにぐんぐん膨張した寛治の男根は、さつま芋のように野太く雄大だった。

「またこんなおっきくしてっ！」

夏凛が仇を目にしたかのように顔をしかめる。

「ほら、お前もしゃぶれよ」

「……だから、やり方わかんないっつってんじゃん」

「教えてやるから。ほら」

「……ト、トモは見ないでよ」

夏凛はちらりと僕を見た。僕も涼子先輩にフェラチオされながら夏凛を見ていた。

口を尖らせてそう言う。あの唇が他の男の性器にキスをするのかと考えるとドキドキしてくる。

「わ、わかった……ごめん」

視線を真下に戻すと、涼子先輩が舌の腹を使って裏筋を舐め上げているところだった。

「……エ、エッチすぎません？　それ」

顔を真っ赤にした夏凛が弱々しく涼子先輩に声を掛ける。

「これくらい普通だよ。それにほら……」

すっかり勃起した僕の陰茎の亀頭を指でつんつんと優しく弾いた。

「トモ君の息子も悦んでるみたいだし、ね?」

夏凛は下唇を噛むと僕を非難するように睨み上げた。僕は両手を合わせてジェスチャーで謝罪を伝えた。

そんな僕を寛治がフォローする。

「睨んでやるなって。涼子はフェラ上手いんだから。誰でもそうなるだろ。でもいいか? 逆に考えろ。お前が涼子の技を盗んだら、お前がトモをあんな風にビンビンのガチガチにさせてやれるんだぜ」

夏凛は覚悟を決めたのか、耳に掛かった髪を掻き上げながら猛々しい寛治の男性器に向かい合う。

「わかってるわよ!」

「まずは優しく亀頭を舐め回してだな……」

「わかってるっつってんの!」

夏凛は寛治の言葉には耳を貸さず、すぐ隣で行われている涼子先輩による口淫から学ぼうとしていた。

「ま、涼子から学ぶ方が手っ取り早いか」

寛治も夏凛のその姿勢には納得していた。

涼子先輩も面倒見が良いものだから、夏凛の視線にくすりと笑うと真似しなさいと言わんばかりにゆっくりと最初からフェラチオをやってみせる。

まずは亀頭へのキス。

「こ、こう……? ちゅ、ちゅ、ちゅ」

夏凛の唇が寛治の亀頭に押し当てられる。僕の心臓がドクンと跳ねた。

涼子先輩が実技を見せながら優しく講義する。

「そう、丁寧にね。たっぷり愛情……じゃなくて友情を示すようにね」

「こいつに対してはくされ縁しかありません………んっ、ちゅ」

文句を言いつつも涼子先輩の男性器へのキスを模倣していく。

「こんなのが気持ちいいわけ？」

夏凛は不思議そうに言う。

「おお。トモも大満足だぜ」

その言葉に夏凛は寛治の脛をつねる。

「いちいちトモの名前出さなくていいから……ちゅ……ちゅ……」

「しかしお前唇薄いな。涼子と全然感触違うわ。なぁ？」

寛治が僕に問いかけてくる。

「いや、僕は夏凛にそういう事された経験が無いから」

「あ、そうだった……すまん」

夏凛が無言で寛治の膝を殴った。

しかし僕の胸を満たすのは、夏凛にフェラチオをされた事が無い劣等感や嫉妬ではない。すぐ隣で寛治の亀頭に、たどたどしくキスを続ける夏凛に目を奪われる。

「だ、だからあんまり見ないでってば……」

夏凛は僕の視線にきづくと恥ずかしそうに顎を引く。

「ほら、恥ずかしいなら俺のちんこで目線を隠してやるよ。はっはっは」

その言葉通り、寛治がその立派なさつま芋めいた男根で夏凛の目を隠す。

「邪魔っ！」

ハエを叩き落とすかのように夏凛はそれを上から叩いた。

「イテーなこらっ！」

勃起した男性器がビヨンビヨンと上下に揺れる。

「夏凛ちゃん。もう少し優しく扱ってあげてね」

涼子先輩が苦笑いを向ける。

「いいんですよこいつなんて。頭の中まで筋肉なんだから」

「馬鹿野郎。これで普段涼子を悦ばせてんだぞ。お前の所為で役立たずになったら涼子まで悲しむだろうが」

夏凛はムっとしながらも、涼子先輩に対しては素直に謝った。

「すみません」

「いいの。寛治君もちょっとくらい虐められた方が興奮するタチだから。それじゃあ次は舐めてみようか」

そう言って僕の陰茎に舌を這わせる。裏筋やカリ、時には鈴口を突いてくる。

相変わらずの手慣れた舌技で、僕は思わず全身が強張る程の快楽を得た。

「……トモ……気持ちいいの？」

「ご、ごめん」

「……別に謝らなくてもいいけどさ」

そう言いながらもどこか寂しそうな表情を浮かべる夏凛。

「ほらほら。落ち込んでねーで真似して練習しろって。そしたら後でトモを悦ばせたらいいじゃんか」

寛治が夏凛を鼓舞する。

「……言われなくてもわかってるわよ」

夏凛は涼子先輩がやるように、寛治の竿の至る所に舌を這わせた。寛治の男根に夏凛の唾液が塗りたくられていき、てかてかと光沢と纏っていく。

僕はそれを見ていてなんともどかしい気持ちになった。

今すぐにでも寛治と場所を交代したい。いくら涼子先輩が最高の女性で最高の快楽を与えてくれるとしても、夏凛の奉仕を受けるのは僕だという気持ちが強く燃え上がる。

そんな矛盾に苦悩していると、それらを一度に打ち消すような心地良さが僕を襲う。

それと同時に、夏凛が寛治の陰茎を舐め上げている姿はやはりどこか美しさを感じた。

「んっ……ふぅ」

涼子先輩が僕の男性器を咥えたのだ。

相変わらず彼女の口内は温かく、巻き付く舌は僕を腑抜けにさせた。

くちゅ、くちゅ、くちゅ、くちゅ。

「…………エッチすぎ」

隣で夏凛が尻込みしている。彼女の鼓動がここまで聞こえてきそうだ。

「うう……こんな太いの咥えられるかな」

「大丈夫。為せば成る」

「あんたは黙ってて」

寛治の顔を一瞥もせずに、夏凛はその小さな口を目一杯開けて亀頭を咥え込んだ。

「ん……んん」

その時点で苦しそうだ。

「夏凛ちゃん。最初は無理せずにいけるところまででいいんだからね」

隣から涼子先輩が、僕の陰茎を手で扱きつつ助言を与える。夏凛は頷くとゆっくりではあるが首を前後させ始めた。

「んっ……んっ……んっ」

くちゅ……くちゅ……くちゅ……。

夏凛の唇が太い陰茎を滑っていく。その度にぎこちなくではあるが淫らな水音が鳴る。

「ちゃんと舌も絡ませろよ」

「んー」

「あいてて。歯ぁ立てるなって」

「んー」

寛治の言葉に夏凛は律儀に返事をして、そして指示されたようにフェラチオを改善しているようだった。

寛治が僕も知らない夏凛の温もりを感じている。羨ましくて地団駄を踏みたくなる。

しかしこっちはこっちで涼子先輩に優しく咥え込まれているので、彼女の巻き付いてくる舌と吸引による快感で僕の嫉妬は溶かされる。

ちゅっぱ、ちゅっぱ、ちゅっぱ、ちゅっぱ。

やはり涼子先輩のフェラチオは夏凛と比べると遥かに手慣れていた。僕は思わず呻いてしまう。

「うっ、く」

その声を聞いた夏凛は自分の膝に置いていた両手をぎゅっと握りしめ、何かを決意するように寛治への口淫を進める。

くちゅ、くちゅ、くちゅ、くちゅ。

「おお、いい感じじゃん。気持ちいい気持ちいい」

「本当に?」

「おお。俺の太鼓判を押してやる。その調子でもっとエロい音出してやってみ」

「エロい音ってなによ」

「しゃーねーな。涼子。手本を見せてやってくれ」

涼子先輩は僕の陰茎を奥まで咥えた状態のまま、片手の人差し指と親指でＯＫサインを作った。そして彼女は頬を凹まし、吸引力を増して首を振る。

じゅっぽ、じゅっぽ、じゅっぽ、じゅっぽ。

「ううう」

男性器が溶けて吸い込まれてしまいそうな気持ち良さに背筋を震わせる。

そんな僕を寛治が悔しそうな顔で見ていた。そして少し冗談っぽさを含ませて言う。

「くそ。俺の涼子の本気フェラをたっぷり堪能しやがって……」

言い出しっぺの寛治だが、やはり嫉妬はするらしい。

ただでさえ荒々しい寛治の男根が、ぎちぎちと音を軋ませて青筋を浮かばせる。

涼子先輩は口を離すとそんな寛治に大人びた笑顔を浮かべた。

「ちゃんと寛治君にする時には特製の愛情を隠し味に入れてるわよ」

その言葉を夏凛が復唱する。

「特製の愛情……隠し味……」

「そうだぞ夏凛。お前はお前でトモにする時は恋人として全力で愛のある奉仕をしてやればいいんだ。俺にはくされ縁としてのフェラチオでいい」

夏凛は納得したように小さく頷くと、涼子先輩を真似て吸いながらのフェラチオを行う。

じゅぽっ、じゅぽっ、じゅぽっ、じゅぽっ。

寛治が恍惚の声を漏らす。

「ああそれ、超気持ちいい」

愛情が含まれていないとはいえ夏凛の本気フェラ。僕は羨ましくてより強く勃起する。そしてそれを涼子先輩に吸われ、舌で舐められる。身震いする敗北感と至福の快楽。

そのまま夏凛がフェラチオを続けていくかと思いきや、口を離すと唾液を纏った口元と手の甲で拭った。

「もう我慢できない」

「は？」

「あたしもトモの舐めたい」

身体の向きを僕の方に向けるや否や、顔を僕の股間にぐっと近づけて上目遣いで見つめる。

「本当は、ずっと前からトモにこうしてあげたかったんだからね」

呼応するように涼子先輩は男性器から口を離し、根本の方だけを舐めて亀頭をフリーにした。

涼子先輩が肉竿の根本にキスしながら言う。

「ほら夏凛ちゃん。トモ君のおちんちんも夏凛ちゃんに舐められたがってギンギンだよ」

「練習の成果、見せてあげるんだから」

そう言うと僕の亀頭にキスをして、さらには舐め上げた。僕の脳内にあらゆる幸福が入り乱れる。好きな人が、恋人が、自分の性器に唇で触れ、さらには舐めてくれている。あまりの感無量に背中が痺れて全身が強張る。

「夏凛ちゃん。キスは時々変化をつけて吸い付くようにするといいよ。こういう風に」

ちゅうう。

涼子先輩が僕の根本を強く吸う。そちらもすごく幸せな感触に襲われる。

「こうですか？」

続いて夏凛も真似をして口をすぼめると、僕の亀頭に唇を押し付けて強く吸う。

ちゅううう。

二人から同時に陰茎を愛でられて僕の心はもう昇天寸前だった。なんたる至福。その後も二人掛かりで僕の陰茎を舐め回してくる。

「このおしっこが出てくるところがね、鈴口っていうんだけど舌先でつんつんしてあげるといいよ」

涼子先輩の助言通りに舐め上げる。そして上目遣いで聞いてきた。

「……気持ちいい？」

僕は万感の想いで頷いた。寛治もなぜか感激するようにうんうんと頷いていた。

「夏凛。俺を踏み台にして見事に成長したな。それにしてもいいなートモ。俺もダブルフェラされてみてー。なーなー。俺は？　俺も二人同時に舐められたいんだけど」

夏凛は寛治の声が聞こえていないようで、ずっと僕を上目遣いで見ながら僕を舐めてくれている。

くにくにと柔らかい舌で鈴口をほじられると、なんとも言えない刺激に吐息が漏れた。それが夏凛にとっては喜ばしかったようで頬を綻ばせる。

「トモ。だらしない顔してる」

「だって気持ちいいから」

「我慢汁、出てきたよ?」

僕の肉竿を横から舐めている涼子先輩が助言を口にする。

「吸ってあげて」

「えー、これをですか?」

僕の股間で二人がきゃっきゃと楽しそうに喋っている。二人の口から放たれる微風がくすぐったい。

「なー。俺はいつまで放置されんのー?」

寛治は腰で円を描くと勃起した陰茎をプロペラのように回していた。夏凛は笑顔で涼子先輩と話しながら、蚊を払うようにそれを叩く。

そして夏凛が唇を尖らせて、僕の亀頭に押し付けた。

ちゅう。

尿道から我慢汁を吸い出される。全身に心地よい電流が駆け巡った。

「あぁ……」

僕が恍惚の声を上げるとやはり夏凛は誇らしそうな笑顔を浮かべる。

「トモの我慢汁、飲んじゃった」

「変な味しない?」

「ううん。全然そんな事ないよ。えへへ」

僕らのやり取りを涼子先輩がニヤニヤしながら見届ける。

「微笑ましいなー」

そう言いながら僕の陰茎を横からちゅっちゅっちゅとキスをしてきた。

この空間で一人だけ不服そうな顔をしている人間がいる。

そう。寛治である。

「俺はー⁉　俺はいつまでフルチンで待機してんのー⁉」

地団駄を踏む寛治を夏凛は徹底的に無視して僕への奉仕に没頭しているのだが、涼子先輩がやれやれと肩を竦める。

「夏凛ちゃん。悪いんだけど寛治君の相手もしてあげていい？」

「……えー」

露骨なまでに顔をしかめる夏凛を説得する涼子先輩。夏凛は申し訳なさそうに僕に問う。

「……ごめん。ちょっとデカチンゴリラがうるさいから……」

「うん。大丈夫だよ」

夏凛の頭を撫でると、寛治が横から口を挟む。

「大体そういうイチャイチャは二人っきりの時に普通に恋人としてやれってーの。今は四人で遊んでるんだから仲間外れは良くないぞ！」

「はいはいはい。わかったわよ」

夏凛が再び寛治に向き直る。

「ごめんねトモ君。ちょっと待っててね」

涼子先輩も僕にそう言い残して、寛治の方へ寄って行った。

「ほらほら。俺も我慢汁垂れてるぞ」

夏凛は先程までの可愛げが嘘のように素っ気なく返す。舐め方もどこか事務的だ。

「それがどうしたってのよ。自分で拭きなさいよ」

「小さい頃は一緒に昼寝させられて一緒におねしょした仲だろ」

「あんたが勝手に漏らしてただけでしょ。あたしはあんたの起こした水害の被害者だったんだから」

横から涼子先輩が仲裁に入った。文字通り横から寛治の睾丸を舐め上げながら。

「まぁまぁ。夏凛ちゃんも寛治君の気持ちを汲んであげて？　こう見えても寛治君は夏凛ちゃんともう少し昔みたいに話せるようになれないかなって考えてるんだよ？」

初耳だった。寛治は少しバツが悪そうに顔を逸らす。

夏凛も似たような表情を浮かべた。

幼い頃は仲の良い兄妹のようだったと聞いている。今みたいに顔を合わせれば売り言葉に買い言葉を交わすのも親交度が高い証拠だろうが、もう少しお互い態度を柔和してもいいんじゃないかなとは僕も常々思っている。

そんな想いが通じたのか夏凛は渋々といった様子で了承した。

「……わかったわよ。綺麗にしてあげる。あんたの我慢汁」

「……サンキュ」

珍しくしおらしい二人。

夏凛が僕にしたように唇を鈴口に押し付けて、ちゅう、と音を鳴らして我慢汁を吸う。

後頭部を殴打されたような鈍い衝撃を受ける。その光景に嫉妬を覚えたのは確かだった。

しかしこれで二人の仲が改善されればそれは僕にとっても喜ばしい事だった。

そんな複雑な思いで推移を見守る。

夏凛の喉がこくりと音を鳴らして嚥下した。

一呼吸置く。

夏凛は眉間に皺を寄せて舌を大きく出した。

「しょっぱ！　あんたの我慢汁どうなってんのよ！　ちんこ腐ってんじゃないの！」

「トモのとそんな変わんねーだろ！」

「ゴミカスみたいな味するんだけど！」

「おめーが貧乏舌なんだよ！　俺の上品な我慢汁の味はわかんなかったようだな！」

「なによ！」

「なんだよ！」

うん。まぁ、これでいいや。僕は諦観の表情を浮かべる。涼子先輩も同様だった。実際これが寛治と夏凛の自然な関係で、仲の良さの表れなんだろう。

「ちっ。折角のダブルフェラにケチがついたぜ。まぁいいや。それじゃ早速四人でくんずほぐれつしようぜ」

「なによくんずほぐれつって」

「なにもへったくれも無いだろ。さっき言った通り、隣同士でセックスするんだよ」

その言葉に夏凛がもじもじとする。態度からして消極的なのは明らかだった。

「ほ、本当にするわけ？」

寛治は尻込みする夏凛の肩を押してベッドに押しやる。

「こっからが本番だぞ」

苦虫を噛み潰したような表情の夏凛とは対照的に、寛治は上機嫌そうだ。

一歩遅れて涼子先輩が僕の手を引く。

「私達もいこっか」

ベッドに夏凛と涼子先輩が並んで仰向けで寝る。

「なんだか緊張するね」

全然緊張していなさそうな涼子先輩が夏凛を気遣ってか、そう言葉を掛けていた。

「緊張っていうか……なんか変な感じです。それにしても……」

夏凛の視線は隣で寝そべる涼子先輩の肢体に注がれる。

「どうかした？」

「……いや、涼子先輩のスタイル、すごくいいなぁと思って」

「夏凛ちゃんのが細いじゃない」

「でも男子は絶対涼子先輩みたいな身体の方が好きなんですよ。絶対」

「それは人によるんじゃないかなぁ。きっとトモ君は夏凛ちゃんの方が好きだろうし。ね？」

急に話を振られる。

「もちろんです」

僕は真顔で即答した。確かに涼子先輩の洗練されつつもグラマラスな体型は男好きするものだろう。しかし例え世界中の男が涼子先輩を選んでも、僕は夏凛が好きなのだ。

当然だと言わんばかりの僕の返事に、夏凛は少しリラックスしたようだった。

「俺は断然涼子だけどな」

寛治も応戦する。

「あはー。ありがと」

寛治が腰を曲げて、逆に涼子先輩が頭を上げてちゅっちゅとキスをした。なにげに二人のキスを見るのは初めてだったので、僕と夏凛はドギマギした。

そんな僕らの動揺など知ったこっちゃないと寛治が場を進めていく。

「おっと。ここは恋人同士でイチャコラする場じゃなかったな。反省反省。それじゃ早速パートナー交換といきますか」

ベッドの左側には涼子先輩が、右側には夏凛が寝ている。

「涼子の家が金持ちで良かったぜ。普通のベッドだと窮屈で俺かトモが弾き出されちまう」

確かに涼子先輩の部屋のベッドは少し大きめだ。二人で寝ていてもそれほど狭苦しくは感じない。

寛治は勝手知ったる我が家のように涼子先輩の勉強机の引き出しからコンドームを取り出し、一つを僕に渡してくる。

「親しき仲にも礼儀だからな」

まるで高校球児のような爽やかな笑顔でそう言う。

「寛治君ったら私の家にほとんど家族がいないからって、業務用のコンドーム買ってきて勝手に私の机に入れてるんだよ。酷くない？」

「極刑に値しますね。女子の部屋をなんだと思ってんでしょうか」

僕らがコンドームを着用している間、ベッドでは女子が軽快にトークしている。特に涼子先輩が夏凛の緊張を解そうと言葉を掛けてあげているみたいだ。

「さてさて。装着完了だぜ。俺とトモ、どっちも黒でお揃いのコンドームだ」

そうは言うが、寛治の方は明らかにパツンパツンでほぼ透明になっていた。

寛治が早速夏凛の下半身に繋がるよう座る。しかし夏凛は股を開かない。とはいえ陰部は丸見えだし、そのまま挿入だってできそうではあるが。

僕の前で他の男に股を広げる事に抵抗があるのだろう。僕だって夏凛の前で涼子先輩と正常位をする姿勢を取るのは気後れがした。

「トモ。なにやってんだよ。早くこっち来いよ」

そんな僕を引っ張るように寛治が言う。

本当に夏凛のすぐ隣で涼子先輩とセックスをするのだろうか。あまりに現実味が無くて思ったように身体が動かない。

僕がモタモタしている間に、寛治が夏凛の閉じた膝を軽く叩いている。

「さっさと脚開けよ。処女かお前は」

「やだ」

「俺に無理矢理開かせるなよ。なんかレイプしてるみたいだろ」

「……トモの前でそんなのできない！」

顔を明後日の方向に向けて頬を膨らませる。

寛治はやれやれと肩を竦めると、丸出しになっている陰唇を指でなぞった。

「ひゃうっ」

寛治がくつくつと笑う。

「お前濡れてんじゃん。フェラで濡れたのか？　可愛いところあるな」

夏凛が耳まで真っ赤になる。そんな彼女をフォローするように涼子先輩が寛治を咎めた。

「こおら。女の子をそんな風に虐めない」

「虐めてないし。ちゃんと優しく扱うよ。ほら」

寛治の指が夏凛の局部を弄る。

「んっ」

夏凛の肩がぴくりと震えた。

「そんな岩みたいに脚を閉じるなら、こっちはこっちのやり方で開かせてやる」

寛治は何度か陰唇を撫でて指に愛液を馴染ませると、そのまま指を膣に挿入した。

「やっ、こらっ！　なにして……」

「心配すんなって。さっきみたいに気持ち良くしてやるから」

寛治が指を出し入れすると、夏凛の膣口がくちゅくちゅと音を鳴らす。寛治の指は絶妙に夏凛の弱点を攻めているようで、夏凛は唇を真一文字に結うが鼻息から吐息が漏れる。

「んっあっ……んっ、んっ、んっ……はぁっ、あ……」

夏凛の身体はあっという間に弛緩していき、股間が開いていった。

「一丁上がり」

そう言いながらも、寛治は夏凛の中から指を引き抜かない。

他の男の指が恋人の膣に入っている。それを間近で見るのは心臓を鷲掴み(わしづか)にされるような思いだった。

「お前ってわかりやすいよな。弱点」

そう言いながら寛治は手首を前後させる。

「いやっ、あっあっ、んっく……ふぅ、んっ、はぁっあっ……」

夏凛は左手で目線を隠し、右手で口を塞いだ。それでも彼女が感じているのは火を見るより明らかだったし、漏れ出る吐息もチョコレートより甘ったるいものだった。

「やっ、だ……はぁ、はぁ、はぁ……んっんっ、あぁっ、んっ」

やがて寛治の指が白く泡立っている。夏凛の愛液が止め処なく分泌されている証拠だ。

頭がグラグラと揺れる。

僕の夏凛。

僕だけの夏凛。

何も考えられなくなる。

「ほら、トモ君もおいで」

涼子先輩に言われるがままに僕は彼女の股の間に入った。

「トモ君も私の触っていいよ」

僕を慰めるような微笑みを浮かべる。

隣から寛治が夏凛を喘がせながらも不服そうに言った。

「やべぇ。涼子がトモを誘ってんの、やっぱりすごく嫉妬するんだけど」

「寛治君からこういうのやりたいって言い出したんでしょ？　私だって寛治君が夏凛ちゃんを愛撫してるの複雑なんだからね」

そんな会話を交わしながらも、涼子先輩が僕の手を優しく取る。

「ね？　私もフェラチオで少し濡れちゃった」

そう言うと僕の手を陰部へと誘導する。確かに彼女のツルツルの陰唇は薄っすらと湿り気を帯びていた。僕はその蠱惑的な触り心地に誘い込まれるように、ぷにぷにでヌルヌルの恥丘を触る。

「んっ……」

僕はあくまで優しく撫でるように愛撫する。その横で寛治は派手な水音を立てて夏凛を手マンしていた。

「トモも涼子の触ってるぞ」

「……言わなくて……いいから……あっあっ、んんっ、はぁっ、あっ」

「このザラザラしたところがGスポットだろ？」

「知らない…そんなの」

「潮吹きさせてやるからな」

「え、なにそれ、知らない……やだ」

「別に怖くねーよ」

寛治の手首捌き（さば）きに熱がこもる。ただ乱暴に擦るだけではない。僕にはわからない技術がそこには確かに見て取れた。

「やっ、やっ、やっ……変なの昇ってくる……出ちゃいそう……」

夏凛の腰が徐々に浮いてくる。その表情は快楽と不安の間で揺れていた。

「いやっ、なんだか怖いっ……あっあっあっ、あぁっ！」

夏凛の腰が跳ね上がるように浮いた。

「ううぅっ!!!」

恥辱に塗れた声と同時に、夏凛の陰部がぷしゅっ、ぷしゅっ、と透明な液体を撒き散らした。

「やだっ、やだっ、なに？」

夏凛は困惑に顔を歪ませた。それでも寛治は手を止めない。

「まだまだ出るだろ」

ぷしゅっ、ぷしゅっ。

飛散する潮を僕は見入っていた。夏凛がその視線に気づくと両手の手の平を僕に向ける。

「やだやだっ！　トモっ、見ないでっ！」

焦燥感に駆られた必死の声。僕の陰茎は火を吹きそうな程に勃起する。

漸く寛治が手を止める。夏凛の腰回りは潮吹きでじっとりと濡れていた。

「わっはっは。いつかのお漏らしもこれでチャラだな」

寛治は軽快にそう笑い飛ばす。

「馬鹿っ！　あほっ！　ちんこ折れろっ！」

夏凛がじたばたと暴れるように足裏で蹴るが、寛治は動じる様子も無く俺を見る。

「そっちも準備万端か？　じゃあイチニのサンで同時に挿入しようぜ」

僕は呆気に取られながらも平静を装いながら頷いた。

視線をベッドに戻すと涼子先輩が夏凛の頭を撫でて慰めている。

「ねー。酷いねー。後で叱っといてやるからね」

「最悪ですよあいつ。マジで……」

涼子先輩の膣口は十分に濡れていた。しかし夏凛の目の前で他の女性の性器に指を入れる勇気は僕には無かった。

いやいや。指どころかこれから男性器を挿入するんだぞ。心の中で自分を鼓舞する。

「ほら、お前達も準備いいか?」

寛治が夏凛の陰唇にその豪壮とした男根を押し当てながら尋ねる。

夏凛は無言で寛治から顔を逸らし、涼子先輩は指でOKを作った。

「よし、トモ。いくぞ」

僕も促されるままに亀頭を涼子先輩の膣口にあてがう。もう緊張している余裕すらない。濁流のような時間に振り回されていた。

寛治が少年っぽい無垢な笑顔を浮かべる。そして指を三本立てた。

カウントダウンが始まる。

「イチ」

え。本当に夏凛のすぐ横で涼子先輩と一つになるのか。

「ニ」

そして目の前で夏凛と寛治がセックスをするのか。

「サンっ!」

もう考えている暇は無い。見えない何かが僕の背中を押した。

それは大袈裟に言うと運命のような、個人では抗えない広大な潮流を感じた。人生の分水嶺のようにも思える。

「あっ……」

「……んん」

僕が涼子先輩の温もりに再び包まれると同時に、寛治も夏凛を貫いた。

「さっきよりはスムーズに入るようになったな。お前って本当に膣狭いから」

「……うるさい。喋るな」

「ほら、そんなそっぽ向いてないでこっち見ろよ。トモのちんこが涼子にずっぽり入ってるぜ」

「……やだ。絶対見ない」

寛治は僕と涼子先輩の結合部をマジマジと見る。

「やっべ。超ドキドキする。やっぱ俺って寝取られの趣味あるのかも」

涼子先輩が紅潮しながらもからかうような微笑みを浮かべる。

「じゃあ浮気してあげよっか？」

「絶対ヤダ。こうやってトモや夏凛と四人で遊びでするからまだ正気を保ってられるけどさ」

そんな会話を交わしている間、僕も寛治と夏凛の結合部に視線を向けていた。夏凛が明後日の方向に顔を向けていたからできる芸当だ。夏凛に顔を見られていたら、とても見てはいられなかっただろう。

僕よりも太い寛治の男根が、処女の時から何も変わっていない夏凛の陰唇を目一杯に押し広げて入っている。寛治の言う通りに夏凛の膣はとても狭い。そんな中をあんな図太い肉槍が挿し込まれているなんてにわかには信じがたい。夏凛の膣口はみちみちと悲鳴を上げているようだった。

しかし夏凛の表情には苦痛が一切見られない。

それどころか蕩けてしまいそうになるのを必死に抑え込んでいるようにも見えた。

「よし。それじゃあ動くか」

寛治が僕に声を掛ける。

「イッチニ、イッチニでいこうぜ」

その軽快な笑顔はまるで今から大縄跳びの練習でもするかのようだった。

寛治が夏凛の両膝を持つ。僕もそうした。

「ほい。イッチニ、イッチニ」

寛治の声に合わせて僕も動く。

「あっ、あっ、あっ、あっ」

涼子先輩は恥ずかしそうに目を細めて甘い声を上げる。

「……んっ、んっ、んっ、んっ」

夏凛の声は注意深く耳を澄まさないと聞こえないくらいにか細かった。

寛治が相変わらず首を横に曲げたままの夏凛に声を掛ける。

「ほら見ろって。トモのちんこがピストンしてってすごいエロいぞ」

悪気は無いがデリカシーも無い物言い。幼い頃から一事が万事この様子だったのだろう。夏凛が寛治に不満を貯め込んできたのも理解はできる。

「……見るわけないでしょ。馬鹿じゃないの」

代わりに涼子先輩が謝る。

「ごめんね。怒らないであげて」

そう言って優しく左手で夏凛の右手を握った。そして言葉を続ける。

「それにね、きっと大丈夫だよ。トモ君は夏凛ちゃんの事、可愛いって思ってるよ」

そして残ってる右手を、彼女の膝を持つ僕の左手に重ねてきた。先輩の手を通して夏凛の不安が伝わってきたような気がする。

僕は背筋を伸ばして言った。

「夏凛。さっき約束した通りだよ。夏凛が僕にとって常に一番だから」

夏凛は拗ねたように唇を尖らす。

「……どうせあたしは涼子先輩みたいにバインバインじゃないし」

「僕にとっては十分すぎる程に魅力的だよ」

夏凛が多少は留飲を下げたのが伝わる。涼子先輩も優しく微笑んでくれた。しかしそこで余計な一言をぶち込んできてくれるのが我らの寛治である。

「でも涼子の方が挿れ心地は気持ちいいって思ってたりしてな」

「お、思ってないよ」

さらには涼子先輩が悪乗りしてくる。

「え～……私って気持ち良くないの？」

「いや、気持ちいいですけど、いや、その…………とにかく夏凛が一番だよ！」

やけくそのように僕は声高に宣言する。

「あんまり聞き分けの無い事を言ってトモを困らせるんじゃねーぞコラ」

寛治が冗談っぽくそう言いながら激しく腰を振る。すぐ隣で起きた振動はベッドを通じて僕を上下に揺らす。

「あっ、あっ、あっ、あっ、あっ！」

潮を吹かされて敏感になっていたであろう夏凛はあられもない声を上げた。

「おらおら。ワガママ言ってごめんなさいは？」

「なんでっ、んっあっ……あんたにっ、あいっ、いっ……ゴチャゴチャ……あっあんっあんっ………言われなくちゃいけないのよ……んっくっ、ふぅっ、うっ」

「トモの気持ちを代弁してやってんだよ」

「いや、そんな事思ってないから」

「お、そうか」

僕が横から指摘すると、寛治は素直に強いピストンを中断した。

夏凛は額に汗を掻いて、はぁはぁと肩で息をしている。

「それじゃあまた同じタイミングで腰振るか。イッチニー、イッチニー」

寛治が先導して腰を振る。僕は置いていかれないように腰を振った。

「あっ、あっ、あっ、あっ、あっ」

夏凛はもう耐えきれないといった様子で目を瞑り甲高い声を上げる。

「んっ、んっ、んっ、んっ、んっ」

涼子先輩は悩ましげな吐息を漏らしながらも、薄目でそんな夏凛を見る。

涼子先輩が小さく舌を出す。

「あいつ、いっいいっ、そこっ、あぁっ、あっあっ」

「夏凛ちゃん可愛い」

「や、やめてくださいよ」

「えー。可愛いよね？　寛治君」

「別に。涼子に比べたらガキ臭えなって感じ」

「は？　あんたがこの四人で一番幼稚だから」

「俺のちんこがどれだけアダルトか、もう一度身を以って教えてやろうか」

「トモの方が百倍大人だしっ！」

「確かにトモ君のおちんちんもすごくエッチな形してるよね」

僕は涼子先輩を窘める。

「収集つかなくなるんでやめてください」

隣で寛治が夏凛を突きながら顔面蒼白になっていた。

「そんな……涼子……俺よりトモの方がいいって言うのか？」

「あっ、あっ、あっ、あっ」

寛治と夏凛の結合部がぐちょぐちょと卑猥な摩擦音を立てる中、涼子先輩が小さく舌を出す。

「もちろん寛治君が一番だよ」

「……良かった～」

寛治は心底安心しながらもピストンを止めない。

「あいっ、いっいいっ、そこっ、あぁっ、あっあっ」

悶える夏凛に涼子先輩が問う。

「夏凛ちゃんもトモ君のが一番だよね？」

「あ、当たり前……んっあっ、はぁっ、あぁっ……じゃない、ですか……あいっ、いっ、いぃ、そこっ、あぁっ」

「一丁前にトロトロの声上げやがって。全然説得力ねーぞ。それにお前の膣はキツすぎるんだよ。もう少し涼子を見習え」

「そんな、事、あっあっ、いっ、いぃ……言われたって……あんっ、あんっ、あぁっ♡」

夏凛は完全にもう女の子として喘いでいた。そんな彼女に気を奪われている僕に寛治が声を掛ける。

「なぁ？　トモもそう思うだろ。涼子の方が気持ちいいよな？」

どうやら僕はほぼ無意識に、寛治につられて腰を振っていた。僕と涼子先輩の結合部も愛液が白濁しててとても卑猥な光景になっていた。

興奮気味に寛治が言葉を続ける。

「見ろよ夏凛。トモのちんこ、涼子の本気汁で真っ白になっててめっちゃエロいぞ」

「だ、から……見るわけないっつーの…………あっん♡　あっあっ、やっ、おっきっ♡」

明らかに僕の時よりも可憐な声。

夏凛という女性のポテンシャルを寛治は余す事なく引き出している。

だが僕には敗北感は無かった。寛治は親友だし、皆で合意して始めた『遊び』だからだろうか。しかし僕の陰茎は涼子先輩の中で怒張を膨らますばかりだ。

涼子先輩が嬉しそうに微笑んだ。

「あは。トモ君のおちんちん、すごくガチガチ」

僕はピストンしながら涼子先輩と見つめ合う。

「涼子先輩」

「んっ、んっ、んっ♡　なぁに？」

「涼子先輩の中、すごく気持ちいいです」

「あっいい、あっあっいっ、それ、いいっ♡　う、うん、ありがと」

「でも、やっぱり僕にとっては夏凛が一番です」

涼子先輩が益々嬉しそうに微笑む。

「うん。それでこそトモ君だよ。夏凛ちゃん聞いた？」

「あっあっあっ♡　やっあっ♡　いっいっ♡　き、聞きました♡　ト、トモ……大好き♡」

次は夏凛に顔を向ける。夏凛は恥ずかしそうに僕に視線を向けていた。

「夏凛。約束通り、ずっとずっと夏凛の事考えてるからね」

「う、うん……あたしも……あんっ♡　ずっと、トモの事……あいっ、ひっいっ♡　考えてるっ」

寛治も腰を振りながら感慨深そうに頷く。

「やはりお前らの愛は本物だったな。キューピッド役をした俺と涼子も鼻が高いぞ」

「なにを、えらそうに……んっ、あぁっ！」

「実際お前がトモに告るのに背中押したの俺らだろうが。この部屋でよく三人集まって作戦会議もしたしよ」

その言葉は事実だったのか、夏凛は口を噤んで反論はしなかった。

「懐かしいわね～」

涼子先輩も乳房を揺らしながら思い出に顔を綻ばせている。

そんな雑談を挟みながらも僕らは確かにセックスをしていた。

その証拠に全員全身が汗ばんでいる。

「それが今では四人でセックスしているんだから世の中どうなるかわかったもんじゃないよな。わっはっは」

寛治が快活に笑いながら、ふと僕の方を見る。

「あれ、トモ。顔に余裕が無いじゃん。もしかしてイキそうか？」

ぎくりと図星が胸に刺さる。

涼子先輩の数の子天井に無心で男根を出し入れしていれば、さほど時間が掛からず射精欲が昇り詰めてきてしまうのも仕方が無い。

「もうちょっと我慢しろよ。俺と一緒にフィニッシュしようぜ」

寛治はいかにも体育系な爽やかな笑顔でそう言うが、僕はどうしても一言返さずにはいられなかった。

「え、寛治と一緒にイかなきゃいけないのか？」

僕のツッコミに夏凛と涼子先輩が同時に拭き出す。

「なんでトモがあんたとタイミング合わせないといけないのよ」

「トモ君はトモ君が出したくなったら出していいと思うよ」

皆から異議を唱えられて寛治は落胆を表情で示した。

「え～。ていうか俺は皆で一緒にイきたかったんだけどな」

「流石にそれは無理だろ」

「いや。俺の野望はあくまで四人同時絶頂だから。まぁ今日は初日だしな。そこまで望むのは酷か。よしわかった。じゃあせめてトモと夏凛が一緒にイけるようにしてやるよ」

その言葉に夏凛が即座に反応する。

「は、はぁ⁉　余計な事しなくていいから！」

涼子先輩が苦笑いを浮かべる。

「気が利いてるんだかどうなんだか……」

「なんでだよ。お前もトモと一緒の方がいいだろ」

「そもそもあんたのちんこでイきたくないって言ってんの！」

「駄目だ。ワガママを言うな。世の中にはデカチンでイキたくてもイけない女性が沢山いるんだぞ」

「意味わかんないわよ！」

「それじゃトモ。こっちは俺に任せろ。お前は好きな時にイけ」

寛治はそう言うと本気のピストンの態勢に入った。

「ちょっ、待っ……」

夏凛の制止など聞く耳を持つはずもない。

「おらおら。トモと一緒にラブラブ同時アクメ決めろ」

そう言うと激しく腰を振り、ベッドがぎしぎしと激しく軋んだ。

「あっ、あっ、あっ、あっ、あっ♡　こらっ、いきなりっ、あぁっ、はげしっ♡　すぎっ……」

夏凛の綺麗なお椀型の美巨乳がプリンのようにぷるんぷるんと揺れる。表情もぎゅっと目を瞑り、大きく口を開けて喘いでいる。

寛治の肉棒で夏凛が悶えている様は僕の興奮をさらに煽った。夏凛の蕩けている様子を見ながら、涼子先輩を抱く。粒の立った膣壁が絡みついてきて物理的な興奮を陰茎に与えてきた。

「あっ、あっ、あっ！　やだ、昇ってくる……やっあ」

夏凛の声が益々切羽詰まっていくと共に僕の腰使いも荒々しくなっていく。寛治のピストンと同調して、ベッドの揺れはさらに激しさを増した。

「んっ、んっ、トモ君、そこっ、きもちっ♡」

涼子先輩もトロンとした声を上げる。

全員が性的快感を求め、一体感を作り上げていく。

先程までのような日常的かつおちゃらけた雰囲気は一切無くなった。

部屋の中に男女で交わる匂いが蔓延する。それも四人分。

その中でも真っ先に限界を迎えそうなのは夏凛だった。息も絶え絶えに懇願するように言う。

「待って、待って、イクッ、イクッ、イっちゃうっ……やだ、トモ、見ないで」

何と声を掛けていいのかわからない僕の代わりに寛治が慰めるように言う。

「心配すんな。トモは涼子に夢中だから」

「うぅ……それも嫌……」

実際僕はどうしたらいいのだろうと悩むが、あの約束を思い出す。

「夏凛が恥ずかしいなら夏凛の方は絶対見ない。でもずっと夏凛の事を考えてるから」

「う、うん……あたしもっ、トモの事……あっあっあっ♡　あっいっ♡　ちんぽ、おっき、すぎ♡　あっイク、イクイクイクッ♡　イック♡♡♡」

夏凛の背中が浮き上がり、ビクンビクンと全身を痙攣させた。

僕は約束通り夏凛の方を見ないように努めたが、どうしても真横なので視界の端には映り込む。

夏凛は両手の甲で顔を隠していた。

「おいおい。トモとの感動的な会話の最中でイクなよ。ていうかちゃんとトモと一緒にイケよ」

寛治が呆れるようにそう言うが、すぐに何かに気づいたようで言葉を足した。

「ん？　あ、そうだ。このままイキっぱなしにしたらトモと同時に絶頂間違いなしだな」

そして未だに背中が浮いたままの夏凛をさらにガンガンと男根で突き刺す。

「あっ、ひっ♡　こ、こらっ、まだ、イって、ひっ、ひっ、ひぃ♡　あいっ、いっひ♡」

夏凛は強烈な電流を受けているかのように絶頂を続ける。あまりに過剰が過ぎる快楽で、むしろ苦しそうにも見えた。

僕は早く夏凛を解放させてあげないと、という思いでピストンを速める。

「あっんっんっ♡　トモ君、おちんちん、精子でパンパンになってる♡　あっいい、あっい♡　来て、来て……精液、びゅうびゅうして」

僕は汗だくで腰を振る。額から落ちた汗が涼子先輩の胸の谷間に落ちて、彼女の蠱惑的な豊乳の質感をより淫らにさせた。

「……涼子先輩、イキます……っ！」

「うん、いいよ……いつでもおいで……」

精液が尿道を駆け上がる。その隣では夏凛が息も絶え絶えになりながらも喘いでいた。

「あっあっあぁっ♡　ひっ、いぃっ♡　いっいっ、いん♡　頭、おかしくなっちゃう♡　イキっぱなしのおまんこ、こんな大きいちんぽでズコズコされたら、変になっちゃう……♡」

夏凛のそんな言葉が、僕の射精を後押しした。

一気に駆け上がる射精欲。

「涼子先輩……僕、もう……」

「うん、いいよ……いっぱいおいで」

包容力に満ちた涼子先輩に導かれるように、僕は彼女の胎内で大量に射精した。コンドームをしているとはいえ、先程のセックスのように中で出していいかどうかなど悩む暇は無かった。とにかく早く夏凛を楽にさせてあげたかったからだ。

「ほら、夏凛。トモが一緒にイってるぞ。良かったな」

「あっ、あっ、あっ♡　トモっ、トモっ♡　好きっ♡」

寛治のピストンで切ない嬌声を上げながらも僕への想いを伝えてくれる。そんな彼女に応えるように僕は柔らかく温かい涼子先輩の中でびゅるびゅると精液を放出していく。

「ふふ、トモ君の射精おちんちん、すごくビクビクしてる」

満足そうに涼子先輩が微笑む中は、僕は歯を食いしばって約束を果たした。

「夏凛……っ！　今も夏凛の事、考えてるからなっ！　夏凛の事が、大好きだからっ！」

至上なる名器との摩擦によって至った射精は僕を大きな波で攫う。それでも恋人への恋情を叫ぶ。

「……トモぉ♡」

夏凛は目尻に涙を溜め、心は僕に、身体は寛治に溶かされてトロンとした顔を浮かべる。

「だから恋人としてのイチャイチャは後でやれよな」

そう言いながら寛治は僕達のやり取りを、微笑ましそうに見届けた。涼子先輩も右手で僕の頭を、そして左手で夏凜の頭を優しく撫でた。

「二人ともよく頑張ったね。えらいえらい」

「いやいや。俺はまだまだここからだから」

寛治はそう言うとピストンを速めた。射精の余韻に浸る僕の横で、さらに熱気を増していく。

「あぁっ、いいっ♡　あひっ、いっひっひぃっ♡　だめっ、だめっ、もう頭真っ白っ！」

懇願めいた声を上げる夏凜の声を無視して、いっそう激しく性器をぶつけ合う。

「真っ白になっちゃ駄目だろ。トモはちゃんと最後までお前の事考えてたんだから」

夏凜は身を捩り、歯を食いしばりながら答えた。

「でもっ、でもっ……うぅぅ……あんたのちんぽ、でかすぎるっ……おまんこ、広がる、あいっ、いいっ♡」

イってるかどうかもお構い無しに男根を出し入れされている。ただひたすらに夏凜の身体が射精の為の道具として扱われているように見えた。それは僕に妙な倒錯を味わわせる。

「トモ……助けてっ……いっ、いっ、ひぃっ、やっ♡　おちんぽ、おっきすぎっ♡」

僕に何ができるだろうか。ほとんど無心で考える。

そして後先考えずにその場を立った。コンドームすら外すのを忘れたまま、ベッドの脇に行って腰を下ろし、顔を夏凜の横から近づけた。

「やっ、あっ、見ないで……こんな顔、トモに見せたく……」

そう口にする夏凜の言葉を遮り、僕は無理矢理夏凜の唇を奪った。

よく知った夏凛の薄い唇の感触。いつものリップ。

夏凛は目を瞑り、僕の舌を受け入れてくれた。

「……トモ……トモ……♡」

「トモは優しいなぁ」

寛治がそう言いながら腰を振る。

僕の唇で塞がった夏凛の口から蕩け切った甘い雌の吐息が漏れる。

夏凛はビクビクと痙攣しつつ絶頂を継続していた。寛治の図太い男性器で恍惚に震えていた。

「んっ、ふぅ♡　くっん♡」

それでも僕と舌を絡め、僕と見つめ合い続けている。

僕と夏凛は手を繋ぎ、そして舌も繋いだ。どちらも必死だった。離したくない。その想いが僕らを一つにさせた。

恋人が気になるのは僕だけじゃないようだ。

寛治が寝そべっている涼子先輩の陰部に手を伸ばすと、指を膣に挿入した。そして先程夏凛を潮吹きさせたように手首を動かす。

「半端でムラムラしてたろ？」

「ふふふ。どうだろ」

寛治は涼子先輩を手マンしながら夏凛を突く。そして僕は夏凛とキスをしている。四人が一つの生き物のように繋がった。

「あっ、あっ、あっ、またイクっ♡　イクッ、イクッ、イクッ♡　トモ、イっちゃう……♡」

「大丈夫。僕はここにいるよ」

そう言って夏凛の手を強く握り、彼女の唇に唇を強く押し付ける。

涼子先輩も指で膣を擦られて大きく口を開けていた。

「あんっあんっあんっ♡　いっ、いいっ♡　イクッ、イクッ♡」

「あー……出そう」

寛治はそう言うとことさらに強く腰を振った。射精に向かう為の、遮二無二なピストン。

夏凛の背中がググ、と反り返る。

「あっ♡　あっ♡　あっ♡　おまんこ、壊れる♡」

「寛治君、私も、イクっ♡」

「あぁ、出る出る出る」

寛治が最後に一際大きなストロークで腰を夏凛に叩きつける。

同時に夏凛は今までで一番大きな痙攣に襲われていた。

「あああっ♡♡♡」

そして涼子先輩も肩をビクつくせ、後頭部を浮かせている。

「イック♡♡♡」

当の寛治は、大仕事をやりきったように全身を弛緩させていた。湯気が出る程の熱気の中心で、法悦の声を漏らす。

「あ～すげえ出てる……てか夏凛締め付けすぎ……めっちゃザーメン搾り取られてんだけど」

夏凛の首から下はもう夏凛のモノではないように小刻みにヒクついていた。

それでも視線は僕と合わせ、そしてゆったりと舌を絡ませてくれている。

寛治が涼子先輩の局部から手を抜くと、その手で涼子先輩の頬を優しく撫でた。涼子先輩はしばらくうっとりした表情でされるがままでいると、その手の親指を甘噛みして満たされたように呟いた。

「素敵だったよ。寛治君」

それに親指を立てて応える寛治。

なんだかんだでこの二人も恋人としてイチャついていた。

やはり僕らは、四人で何かを成し遂げた達成感を共有している。

「は～、気持ち良かったな～」

心の底から緩み切った声を漏らす寛治。

カーテン全開の窓から降り注ぐ真昼間の陽光が、全身汗だくの僕らを照らす。まるで駅伝でも走り切ったかのような疲労感と、そしてなによりの一体感。

部屋にそよいでいるのは男女が交わった濃厚なフェロモンの香りなのに、僕らの胸に去来するのは性的な淀みなど一切感じられない清々しさだった。

「涼子ー、喉乾いたー」

寛治がそう言うと、涼子先輩が立ち上がる。

「はいはい。皆も喉乾いてるよね？　アイスティーでいい？」

「あたしも手伝います」

夏凛が緩慢(かんまん)な動作で涼子先輩に続いて立ち上がると、涼子先輩は夏凛の脇腹辺りをそっと撫でながら羨ましそうに言う。

「夏凛ちゃんって本当スレンダーよね。それでいておっぱいも綺麗だし。本当モデルみたい」

夏凛が慌てて両手を振る。

「そんなっ。涼子先輩の方がスタイルいいですよ」

そんな事を言いながら、女子二人は上着とショーツだけを着用する。

寛治は不満そうに口を出した。

「なんだよー。もっと裸を晒し合おうぜ」

夏凛が反論する。

「汗がクーラーで冷えてちょっと寒いのよ」

そうは言いつつも、まだまだ身体の芯は熱いだろうなと推測した。僕自身がそうだったからだ。いや、心の芯まで熱している。その灯火(ともしび)の源は恋情(れんじょう)と友情が入り混じったもので、未だに頭の中は混迷を極めていた。


その後も半裸のまま僕らは四人で他愛の無い話をしたり、ゲームをしたりした。

誰もスワッピングセックスの話なんてしなかった。感想も無い。

確かに存在した非日常な交わりは、日常に挟まれて裏返されたオセロのように何でもない時間のように思えたからだ。

そして何事も無かったかのように陽が暮れ始め、僕と夏凛が先に帰る事になった。

「また明日な」

寛治のそのセリフと笑顔はいつもと寸分も違わず、それに対して手を振る僕も何の感慨も湧かなかった。

何も変わらない明日がまた来る。そう信じて疑わないありふれた光景。

僕と夏凛の帰り道は、やはり何か特別な話題があったわけじゃなかった。

学校での事や部活の事。

そして話題が尽きれば手を繋ぎ、そして互いに歩幅を合わせてゆっくりと歩いた。

自然と僕らの足は、いつもの小さな公園に向かっていた。

相変わらず人気の無い公園はオレンジ色の斜陽で染められていた。

そこから街を見下ろす。

「なんだかいつもより街が小さく見える気がする」

僕がそう言うと、夏凛が肩を寄せて腕を組んできた。真夏の到来を控えてまとわりつくような湿気は健在だったが、恋人の体温なら不快感などあろうはずもない。

「あたしも同じこと考えてた」

公園で交わした言葉はそれだけだった。

あとはベンチに座って時々指を弾き合ったり、視線が合ったら意味も無く微笑み合ったりした。

陽が暮れるまでそうして、夏凛の家まで送りに行っている時も特に大した話はしなかった。次のデートで観たい映画や、苦手な科目の話なんかをした。

わざとスワッピングから話題を逸らしているわけでもなく、気まずい雰囲気なんかはこれっぽっちも無かった。

困惑や不安に彩られた行為ではあったけれど、終わってみれば皆でコンビニで売っている打ち上げ花火で遊んだ程度の娯楽だったのだ。

それでも僕という人間は一歩進んだような気がした。

夏凜の横顔もいつもより自信に満ちているように見える。

「また明日ね」

夏凜の家の玄関先で、彼女が小さく手を振る。

「うん。また明日」

しばらく僕らは見つめ合う。そして夏凜は下唇を軽く噛んで俯くと、小走りで僕に駆け寄ってきて軽く唇を触れ合わせるようなキスをした。

すぐに踵を返して家に入る彼女の背中を見送ってから、僕はそっと自分の唇に触れる。

可愛らしく啄(ついば)むようなキスだったのに、なんだかビターな味がした。


家に帰ると張り詰めていた緊張の糸が切れる。疲労感に押し潰されてベッドに倒れこんだ。心の芯まで溶かしつけるような経験の余熱はまだ冷めきっていない。それどころか熱病に冒されたかのように僕はどこか白昼夢の中を漂っている最中のままでいた。

網膜に焼き付いた、夏凜が他の男に抱かれる姿。鼓膜に刻み込まれた夏凜の喘ぎ声。それらは未だに僕の鼓動を静かにさせない。

寝返りを何度も繰り返すがモヤモヤとした気分が晴れない。

そうだ。僕は動揺したままだ。

きっとこのままでは今夜は眠れない。だから僕はこの感情の不協和音をどうにかする為に、親友に協力してもらう事にした。大体元はといえばあいつが発端なのだ。

寛治にメッセージを送る。

『今から出てこられる？』

返事はすぐに来た。

『別に良いけど。どうした？』

僕は理由を告げずに、待ち合わせの場所と時間だけを伝えた。

そして親にも黙ってこっそりと外に出ると、自転車に乗って夜の街へと繰り出す。

待ち合わせ場所へと向かう前に僕はドン・◯ホーテへと寄った。食品からパーティグッズまで揃っているディスカウントショップだ。店の中は繁盛しており、その客層のほとんどは若い学生達だった。

僕はそこでとあるものを二人分購入し、店を出て寛治の元へと向かう。

待ち合わせ場所である河川敷沿いの鉄橋下に到着すると、寛治はすでに僕を待っていた。

「なんだよ急にこんなところに呼び出して」

怪訝そうに尋ねる寛治に対して、僕は先程購入したものを寛治に投げ渡す。

「なんだこれ？　ボクシンググローブ？」

もちろん本物ではない。中身は本物と同様にたっぷりと綿が詰まっており、表面はぬいぐるみのようにフワフワの綿でできている玩具(がんぐ)だ。これを着けて殴っても出血などの傷は抑えられるだろう。

「モヤモヤして眠れないんだ。付き合ってくれよ」

僕は自分の分を装着しながらそう言うと、寛治はすべてを理解したように明るい笑顔を浮かべた。

「なるほどね。いいぜ。俺と夏凛。トモと涼子だけじゃなく、俺とトモもぶつかり合うべきだよな」

「そういう事」

ゴング代わりに頭上の鉄橋を電車が通って行く。僕は胸に巣食っていたジェラシーを爆発させた。

先制攻撃は僕の右ストレート。殴り合いの喧嘩なんてした事はない僕のそれは、へっぴり腰の上に大振りで素人感丸出しだった。

運動神経抜群の寛治なら容易く(たやすく)ガードなり回避なりできただろう。しかし寛治はそれをあえて顔面で受け止めた。

いくら玩具のグローブとはいえ、殴った衝撃が拳に伝わる。

「おら、どうした。お前の嫉妬はそんなもんか」

そう言うと今度は寛治が僕の顔を殴った。やはりぬいぐるみのようなグローブなので、ほとんど衝撃は殺されてはいるがそれでも全くのノーダメージではない。

「俺の涼子は抱き心地良かったかよ⁉」

僕もすぐにやり返す。今度は寛治の腹部を殴った。

「お前こそ夏凛に手を出しやがって！」

お互いの本音を拳に乗せてぶつけ合っていく。

「どうせ涼子の巨乳にむしゃぶりついてたんだろ！」

「夏凛だって綺麗な胸をしてて素敵だ！」

「夏凛に比べたら涼子のむちむち感は最高だったろうな！」

「僕は夏凛のスレンダーな身体つきが好きだ！」

一つ言葉を交わす度に一発殴り合っていく。

そしてやはりゴング代わりに次の電車が通り過ぎていく頃には、僕らは呼吸を荒らげて河川敷に並んで大の字で寝っ転がっていた。

「涼子は最高の女だったろ?」

「夏凛より可愛い子は存在しないよ」

いつの間にかお互いの恋人を自慢する馬鹿彼氏二人になっていた。ボコスカと殴り合ったが痛みは無い。嫉妬によるモヤモヤは消えて、爽快感だけが全身を満たす。

「ちょっと抱いたからってこれから夏凛をいやらしい目で見るなよな」

寛治が仰向けで倒れたまま腹を抱えて笑う。

「バーカ。そんなわけあるか。あんなじゃじゃ馬」

そして寛治は僕に笑顔を向けて言葉を足す。

「……あいつが本当に心の底から『女』になるのはお前と二人っきりの時だけだよ」

僕は親友の口からそう言ってほしかったのかもしれない。

「……ありがとう。夜中にこんな事付き合ってくれて」

「いいじゃねえか。たまには俺達も殴り合わないとな。笑い話がまた一つできたよ」

「夏凛や涼子先輩に言ったら叱られそうだ」

「じゃあ俺達二人の秘密にしたらいいさ」

夜空を見上げたら幾多の星が瞬(またた)いていた。僕は良い友人を持った事に感謝する。寛治も涼子先輩も、肉欲で繋がっているセックスパートナーなんかではない。それを再確認できて、僕は安堵した。

「それにしてもトモにしては馬鹿馬鹿しい事を頼んできたな」

「寛治に言われたくないよ。スワッピングだなんて」

寝転がったままで、僕達は笑い合った。

きっと明日も、そして明後日も皆で笑い合える日が訪れるだろう。

そんな確信が僕にはあった。

第三話

燦燦と照りつける太陽の下、波しぶきが僕らの足元を濡らす。

「ほら〜いくよ〜」

黒いビキニを着た涼子先輩がビーチボールを青空に向かってサーブする。グラマラスな体型も相まって、まるでグラビアの撮影のような一幕だ。

ビーチボールは空中で風で流されていく。僕は必死にそれを追いかけて砂浜の上にダイビングするとトスを上げた。

「夏凜っ！」

僕は恋人の名を呼ぶ。

「任せてっ！」

水玉模様のタンキニを着た夏凜が躍動感のある跳躍を見せる。その痩躯からは想像もできない、全身をバネのようにしならせたエネルギッシュなジャンプが真夏の海辺によく映えた。

「よし、このまま皆でラリー繋げるぞ！」

寛治がそう言ってレシーブの体勢に入る。

「喰らえっ！」

夏凛はそんな彼に向かって全力でアタックをかました。

「ぐわぁっ！」

強烈な一撃は寛治の顔面を真正面から打ち抜き、寛治は波打ち際に倒れた。

その様子があまりに滑稽だったので僕と涼子先輩が大笑いする。

寛治はすぐさま上半身だけを起こすと夏凛に向かって吠えた。

「ラリーを続けるって言ったろ！」

「ごめんごめん。あんたの顔面が不快だったからつい」

悪びれる様子もない夏凛。

「なんだとこの男女(おとこおんな)！」

そう言いながら手元の海水をばしゃばしゃと夏凛に飛散させる。

「ちょっ、冷たい。やめてってば」

夏凛も笑いながら寛治から距離を取る。

夏休み。

僕らは海水浴に来ていた。

本来ならば涼子先輩は受験勉強があるのだが、模試の結果がかなり良かったらしく一日くらいは遊んでもいいだろうと判断したようだった。才女の彼女は当然のようにずっとぶっちぎりのA判定だし、教師ですら心配はしていないだろう。

四人で子どものようにはしゃぐ海は本当に楽しかった。

大きな水鉄砲を持つ夏凛と涼子先輩に追い掛け回される僕と寛治。

「待てー、こらー。あははははは」

ライフルのような水鉄砲のリロードをしながら僕らを追い掛け回す女子二人組は、少ししたら疲れたのかゴムボートに乗ってうたた寝をしていた。

その隙を狙って僕と寛治は水中からゴムボートをひっくり返す。

「さっきのお返しじゃーい」

「きゃーっ！」

海に放り投げられた二人は心底驚いていた。

その罰として、今僕と寛治は砂浜に埋められている。文字通り身動きが取れない。夏凛と涼子先輩はすぐ近くにビーチパラソルを立ててレンタルしたリクライニングチェアへ優雅に寝そべっていた。時々夏凛がフルーツジュースをストローで飲ませに来てくれる。

「来てよかったね」

生き埋めになっている僕の問いに夏凛は満面の笑顔を浮かべる。まさに真夏に咲いた向日葵（ひまわり）のようだった。

「うん。すごく楽しい！」

夏凛が嬉しそうだと僕はとても幸福感に満たされる。

再び砂浜で寛治と二人きりになると僕はお礼を言った。

「誘ってくれてありがとうな」

「なんだよ改まって。当たり前だろうが」

寛治のウィンクはとても頼もしい。

「僕達二人だとまだ少しぎこちなくなっちゃうからさ。寛治と涼子先輩がいるからか心底楽しんでるのがわかるよ」

「涼子はともかく俺は関係無いだろ」

「そんな事ないよ。夏凛は寛治になら本音を言えるから」

「暴言という名の本音な」

「心を開いてるんだよ」

「いい意味で捉え過ぎだ。でもそんな事言ってお前らも最近はかなり小慣れてきたよな」

「そうかな」

「そうだよ。最初の頃はもう見ていてハラハラしてたぞ。お前はもともと口数少ないし、夏凛は緊張してロボットみたいな挙動だったし」

「その節はお世話になったよ」

「いいって事よ」

そんな事を語らっている内にいつの間にか陽が暮れ始めていた。


夕日が沈んでいく水平線を、服に着替えて皆で眺める。

「なんだか少し寂しいね」

涼子先輩の言葉に寛治が答える。

「来年も四人で来ればいいいさ」

夏凛もその言葉に同意するように僕の手をそっと握ると見上げてきた。

僕は黙って頷くと、彼女も「えへへ」と笑う。

夕日が沈み切る前に撤収して、駅へと向かった。

電車の中はずいぶんと空いており、車両はほとんど貸し切り状態だった。

最初こそ皆でワイワイと海の余韻で楽しく語らっていたけれど、少しずつ疲労が顔を出してきて口数も少なくなってきた。

夏凜がこてんと頭を僕の肩に乗せる。

「やばい。眠くなってきちゃった」

うつらうつらしながらそう言う。

「いいよ。着いたら起こすから」

僕の言葉に安心したのか、夏凜はより深く体重を預けてきた。冷房の利いたローカル電車の中、少し陽に焼けた彼女の肌の温もりが愛しい。

着いたら起こすと言いながら、僕も眠気に誘われる。

隣を見ると寛治と涼子先輩も肩を寄り添って寝息を立てていた。

僕だけは起きていないとな。

そう思いながらも恋人と身体を支え合うようにして力を抜いた。

ガタンゴトンと電車の揺れが心地良い。僕は迂闊にも目を瞑ると今日の事を思い出す。皆の弾ける笑顔。寄せては返すさざ波。

ざざーん。ざざーん……。

「……で、皆で寝ちゃったと」

FRIENDs

見事に全員で寝過ごして車掌さんに起こされた終点の駅で、僕らは途方に暮れていた。

夏凛はまだ眠そうに目を擦っている。

「次の電車はいつ？」

まだ状況を把握していない夏凛が僕に尋ねる。

「もう終電だってさ」

「……ここどこ？」

「知らない」

地名も知らない駅の周りは閑散としている。街灯には羽虫がたかっていた。夜とはいえ湿度の高い生温い空気が肌にまとわりつく。

「仕方が無いな。この辺で泊まれる施設を探すか」

寛治が携帯で色々と探している間、涼子先輩に話しかける。

「すいません。最後まで起きてたの僕なんですが……」

彼女は微笑むと気さくに僕の肩を叩いた。

「なに言ってんのよ。誰の所為でもないわよ」

こんな時でも彼女はこれっぽっちも動揺を見せていない。一緒にいるだけでとても頼もしかった。

「お、ラッキー。ここから歩いて十分くらいにラブホがある」

寛治がそう言うと早速歩き出す。

「渡りに船ね」

涼子先輩がそれに続く。

僕と夏凛だけがその場に立ち尽くした。手を繋ぎ、無言でお互いの顔色を窺っている。

「おおい。なにやってんだ。置いてくぞ」

寛治の言葉に僕と夏凛は慌てて彼らの背中を追った。

交通量の少ない一車線の県道をしばらく歩くと、遠くからでも洋風のお城みたいな外装と光るネオンが目についた。

「あれだな。ちゃんと家族には連絡入れとけよ」

寛治の忠告に夏凛が頭を悩ませる。

「なんて言えばいいんだろう」

涼子先輩が振り返る。

「私の家に皆で泊まるって言えばいいわよ」

その助言通りに夏凛はせっせと家族にメッセージを送っていた。

そうこうしている内にラブホテルの前につく。

「綺麗なとこだったらいいんだけどなー」

そう言いながら寛治と涼子先輩が物怖じせずに敷地内へと入っていく。僕と夏凛はその後をこそこそと着いていった。

駐車場は半分くらい車で埋まっている。僕と夏凛はそれらをキョロキョロと落ち着きなく見回した。

「たのもー」

そう言いながら寛治が玄関の自動ドアを開けると、中からは快適な涼しい空気が漏れてきて僕らの頬を撫でる。その空気に安心したかのように寛治が言った。

「野宿は回避できたな」

「そうだねー」

そう言いながらロビーへと入っていく寛治と涼子先輩の背中を、僕と夏凛は突っ立ったまま見届けていた。

そんな僕らに気づいて寛治が振り返る。

「ん？　なにやってんだ？　早く来いよ」

僕と夏凛の間に微妙な空気が生まれた。

「どうしたの？」

涼子先輩が小首を傾げる。

僕は夏凛と目を合わせてから、僕の口から説明する。

「その……僕らはこういう場所に来た事が無いんだ」

「え、マジで」

「だから勝手がわからないというか」

「じゃあ丁度良かったじゃん。俺らが教えてやるよ」

寛治はからからと笑いながら、涼子先輩と腕を組みながら先に歩いていく。

僕達を置いて、駐車場からロビーへと繋がる自動ドアが閉まった。

僕と夏凛はもう一度視線を合わせると頷き合った。そして手を握り、二人で歩調を合わせて歩いていく。

自動ドアが再び開く。僕と夏凛は小声で合図を口にした。

「イチ、ニの……サン」

そしてロビーへと同時に足を踏み入れる。夏凛が照れ臭そうな笑みを浮かべた。

「ちょっとだけ大人になれた気がするね」

僕の言葉に夏凜は笑顔のまま頷く。

ロビーでは寛治と涼子先輩が大きなモニターの前で何やら悩んでいた。どうやら部屋を選んでいるらしい。

「ここでいい？」

「うん」

簡素なやり取りだったけれど、なんだか寛治と涼子先輩が描く普段の恋人模様を覗いてしまったみたいで少しドキドキした。

寛治がタッチパネルを押すと鍵が出てきてそれを受け取った。彼は僕達の方に振り向いてその鍵を見せびらかしてきた。

「な？　簡単だろ。やってみろよ」

寛治達がモニターの前からどいて場所を譲ってくれる。夏凜と手を握ったままそこに立つと、色んな部屋が目に映った。夏凜が小声で囁く。

「……どれ選んだらいいかわからないね」

「……うん」

初めての選択で手が止まる僕らに涼子先輩が背中から助言を掛けてくれた。

「正直なところどこを選んでもそこまで変わらないと思うよ」

そういうものなのかと納得すると僕は夏凜に提案する。

「じゃあ寛治達の部屋の隣にしようか。なにかトラブルあったらすぐに合流できるし」

夏凜よりも先に寛治が答えた。

「ああ。それでいいんじゃね。でも壁がそこまで厚くないから、涼子の喘ぎ声が聞こえてきても文句は言うなよな」

「こーら二人をからかわないの」

からからと笑う寛治の背中を涼子先輩が叩く。

ともかく僕らは寛治の選んだ部屋の隣を選んだ。鍵を受け取りエレベーターに乗る。本来は二人用なのだろう。四人で乗るとかなり窮屈だった。

「ちょっと寛治。くっついてこないでよ気持ち悪い」

「しょうがねーだろ狭いんだから」

夏凛はできる限り身体を僕に寄せようとする。

目的の階に到着してぎゅうぎゅう詰めから解放されると廊下に出た。

「別になんてこたぁない普通の場所だろ？」

確かに見た目の華やかさとは裏腹に、中身は普通のホテルと何も変わらないように見える。

寛治と涼子先輩が先に歩き、その背中を着いていく。特に目新しいものは無いといっても、僕と夏凛は物珍しそうにきょろきょろと視線を泳がせた。

札が点滅している部屋の前で寛治は止まる。

「ここが俺達の部屋だな。お前達の部屋はそっち」

すぐ隣の部屋も札が点滅している。

「そんじゃいったんお別れだな。シャワーとか浴びたら後でまた合流しようぜ」

「じゃあねー」

そんな言葉を言い残すと二人は慣れた様子で部屋に入っていく。取り残された僕と夏凛は急に心細く感じた。

「ぼ、僕らも部屋に入ろうか」

「う、うん」

そそくさと部屋に入る。靴を脱いで先に進むと、廊下と同様に案外普通の内装の部屋が広がっていた。

そこまで広くはないが、決して狭くもない。

「なんだか結構小綺麗というか小ざっぱりしてるね」

夏凛の言葉に同意する。

「うん。もっとケバケバしいのかと思ってた」

「あたしも。あ、カラオケとかあるんだ。ベッドもふかふかだよ」

夏凛は少しはしゃいでいる様だった。ベッドに腰掛けて僕を見上げると照れ臭そうに頬を掻いた。

「まさかこういう形で初めて来るなんてね」

「なんだかごめん」

「別にトモが悪いわけじゃないよ。それに逆に良かったかも。涼子先輩に教えてもらえて」

口が裂けても寛治に教えてもらったとは言わないのが彼女らしい。

「とりあえずどうする？　シャワー浴びる？」

「ああ……うん。そうだね。海水と汗がちょっと気持ち悪いかも」

「じゃあ先に浴びてきなよ」

「うん。ありがと」

夏凛は立ち上がると浴室とバスタオルを確認した。

「ん？　ちょっと待って。脱衣所が無いんだけど」

「……部屋で脱げって事なんだろうな」

「……やっぱりエッチな部屋なんだね」

「う、後ろ向いてるからさ」

「わ、わかった。ごめんね」

背後で遠慮がちな衣擦れの音がする。夏凛の裸はもう何度も見ている。それでも目の前で脱がれてなんとも思わない程には慣れてない。すぐ真後ろで夏凛が脱衣しているのだと思うと胸がドキドキした。

「あ、あのさ……」

夏凛はもう全裸になっているのだろう。彼女の緊張が僕にまで伝わってくる。

「……良かったら一緒にシャワー浴びない？」

それは驚きの提案だった。二人でシャワーを浴びるだなんてそんな事は今までした事が無かった。

「わかった」

僕は喉に乾きを覚えながらも、その大胆な誘いに乗る事にした。

「じゃあ……先に行ってるね」

夏凛の足音が遠ざかっていく。

僕は急いで服を脱いだが、浴室へと向かう歩みはとても慎重だった。

「夏凛？　入るね」

声を掛けながら浴室の扉を開ける。

中では夏凛がシャワーの湯加減を手の平で確認していた。湯気が立っているとはいえ、夏凛の全裸が明るいところで見えている。

夏凛は視線を合わさずに恥ずかしそうに言う。

「浴室も普通だね」

「そうだね」

僕らは互いの緊張を隠すように言葉を交わした。

その後は無言で、二人で寄り添うようにシャワーを浴びる。

スワッピングの後も夏凛は明るいところでセックスをする事を避けた。だからこれはきっと彼女にとってなにかしらの覚悟を伴う誘いだったのだろう。

お湯を浴びながらもついつい恋人の裸体に視線が向かう。とてもスレンダーな痩身。でも貧相という表現は全く似つかわしくない。涼子先輩ほどではないにしろ、出るところは出て女性らしい曲線美を描いている。特に、少し手に余るくらいのお椀型な美しい巨乳。そしてツンと上を向いた可愛らしい臀部。そのすべてが思わず抱きしめたくなるような庇護欲を掻き立たせる。

「あ、あんまりジロジロ見られると恥ずかしいかも……」

「ごめん、つい」

「……まぁ別に……トモだったらいいけどさ」

「……すごく、綺麗だから」

思わず本音が漏れた。夏凛は照れ臭そうに俯いたが、その頬は赤く染まりながらも綻んでいた。

「嬉しい……」

二人でシャワーを浴びる。たったそれだけの事なのに、僕らは一つ階段を上った気がした。

水しぶきが僕らの肌で弾かれる中、夏凜はそっと僕の胸に手の平を合わせる。

「トモって結構筋肉質だよね」

「そうかな。寛治ほどじゃないと思うけどね」

夏凜は眉間に皺を寄せて唇を尖らせた。

「こんな時くらいあいつの話題なんてやめてよ」

そして自分の身体を見下ろす。

「……やっぱりさ、トモも涼子先輩みたいな身体の方が好み？」

おそらく夏凜はずっと気にしていたのだろう。僕はそんな恋人のコンプレックスごと包もうと彼女の細い肩をそっと抱きしめた。

「夏凜が一番好きだよ」

一呼吸置いて、夏凜が僕の背中を抱きしめる。そして弱々しく尋ねた。

「……二番は涼子先輩？」

「一番しかいないよ」

僕は即答する。僕の頭には夏凜しかいない。夏凜は安心したのか僕の背中に回した腕に力を込めて、より強く抱擁してきた。

「……スワッピングの後ね、ずっと不安だった。トモが子どもみたいなあたしに嫌気が差して涼子先輩に惹かれるんじゃないかって。でもそういう不安に真正面から打ち克てるかどうかが、きっとあたしが大人になる為のテストなんだなって思った」

「何度でも言うよ。夏凛だけを愛してる」

「……うん。あたしも」

お互い身体も心も裸でただ抱き合う。降り注ぐお湯よりも通じ合う気持ちの方が余程温かかった。

シャワーを終えて部屋に戻り、着替えを済ませると丁度インターホンが鳴った。

ラブホテルの作法を知らない僕らは何だ何だと狼狽える。

おそるおそるドアを開けると何てことは無い。寛治と涼子先輩が立っていた。そういえば合流しようと言っていた。

「ルームサービスで注文して一緒にメシ食おうぜ」

寛治はそう提案した。なるほど。ルームサービスなんてものもあるのかと感心する。

皆でピザを注文すると、数分後に運ばれてきたそれを皆でソファに座って食べる。

「この四人で外食なんていつもの事だけど、まさかこんな所で食うとはな」

楽しそうに寛治がそう言う。確かに修学旅行みたいだ。トランプでもあれば良かったのに。なんていう僕の提案は却下された。

寛治はぺろりとピザをたいらげると言った。

「折角こういう場所に来てんだから、それなりの遊びをしようぜ」

寛治が何を言いたいのかは火を見るより明らかだった。夏凛は僕の手をぎゅっと握る。その手の平からは強い意志を感じた。もう怖くはない。僕らは震えるだけの子羊ではないのだ。

あの日以来のスワッピング。僕と涼子先輩がベッドを。寛治と夏凛がソファを使う事になった。もう僕と夏凛の間に、この行為が僕達の仲を引き裂くのではないかという不安は無い。

それでも単純に、お互い目の前で性行為に及ぶのには気恥ずかしさはあった。しかしその相手が先程まで一緒に浜辺で青春を謳歌していた友人ともなれば、これも遊びの延長という気分になってくる。

「今日も優しくしてね」

仰向けに寝転んだ涼子先輩が僕に対して両手を広げる。その声はわざと寛治に聞かせているように思えた。

「トモー。そんな優しくする必要ないぞー。涼子は結構Mっ気あるからなー」

背後から寛治のそんな声が聞こえる。

僕は苦笑いを浮かべながら涼子先輩の衣服を脱がしていった。

「それじゃ、失礼します」

「うん」

やはり涼子先輩からは微塵も緊張は感じられない。その泰然（たいぜん）とした様子は頼もしくもある。背後からはさらに寛治の声が聞こえてくる。

「ついでに言うと夏凛もドMだからなー」

「馬鹿な事言ってんじゃないわよ！」

思わず振り返ると、夏凛が寛治の肩をグーで殴っていた。それにしてもまだ二人とも衣服を着ているとはいえ、ソファに腰掛ける寛治の膝の上に夏凛は対面する形で座っている。その光景は僕の胸に嫉妬の炎を灯した。

「ほらほら。向こうの事ばかり気にしてると夜が明けちゃうよ」

「すみません」

涼子先輩がくすくす笑いながら僕の服を脱がしていく。

先程まで愛を囁き合っていた恋人の近くで、親友の恋人とこんな事をしているなんて相変わらず頭の回路が混乱を極める。

しかし涼子先輩の起伏に富んだ、いかにも女性らしい肉付きの身体を目にすると僕の身体は生理反応を起こす。

僕のトランクスを下ろしながら、勃起した陰茎を発見した涼子先輩はからかうような笑顔を浮かべた。

「あーらら。夏凛ちゃんの前でいけないおちんちんなんだ」

罪悪感を覚える僕をフォローするかのように背後からは声援が飛ぶ。

「トモー。心配すんなー。夏凛も濡れてるからなー」

「余計な！　事を！　言うなっ！」

「おまっ、ちょ、前戯中に首を絞めるなっ……うぅ、意識が遠のく……」

夏凛の事は気になるが、もう後ろの様子は気にしないでおこう。

僕は涼子先輩の下着を脱がし、お互いに全裸になる。相変わらず雄を本能から刺激する絶品すぎる肢体。この女性とセックスができるという事実に、理性ではなく本能と細胞が歓喜する。僕はそんな煩悩を振り払うように頭を振った、

心にいつも夏凛を。それだけは忘れないようにする。

「どうする？　好きにしていいよ？」

慈しむような笑みで僕を見上げながらも、右手で陰茎を優しく撫でてくる。それだけでも僕の男性器は雄叫びを上げるようにいきり立つ。

どうするべきか瞬時に判断がつかない僕に対して、涼子先輩の方から提案してくる。

「舐め合いっこしよっか?」

最初はその言葉の意味がわからなかった。

シックスナイン。

今まではアダルト動画やエロ漫画の中でだけ存在していた儀式。それが今や確かな現実として迫っている。

するすると先輩が身を翻(ひるがえ)して、あっという間に僕と涼子先輩の位置関係が反対になる。そして彼女は僕に臀部を向けて、自らの顔を僕の股間に持っていった。

目の前には涼子先輩のツルツルな陰部。どうしたらいいものか悩んでいたら先手を取られた。勃起した陰茎が生温かい感触に包まれる。

思わず腰を引いてしまい肩が強張るような快感。咥えられたと本能的に察知する。

僕は意を決して両手で涼子先輩の臀部に手を添える。最初は触れる程度のつもりだったのに、その桃尻の触り心地があまりにも甘美だったのでむぎゅりと握りしめてしまった。

「やんっ」

涼子先輩の愛らしい声と同時に、僕が尻肉を掴んだ影響で陰唇が左右に開いた。ピンク色の膣口が麗しくも妖しい光沢を纏っている。

僕は丁度口の位置にあった彼女のクリトリスを舐める。

「んっ」

切なそうな鼻息を上げて腰をぴくりと震わせた。しかしフェラチオは中断しない。

くちゅ、くちゅ、ちゅぱ、ちゅぱ。

頭の中が溶けていきそうな程の心地良さ。僕は負けじと応戦する。

「んっ、あぁ」

舌でクリトリスを転がすと、涼子先輩は蕩けた声を上げた。そして気のせいか僕が舐めれば舐める程に、フェラチオに熱が込められていく気がした。

いや、陰茎をしゃぶられればしゃぶられる程、僕がクンニを頑張っているのかもしれない。

卵が先か鶏が先か。

ともかく僕らは共同作業でお互いを高め合っている。

そんな背後で衣擦れの音が聞こえた。寛治の服か、夏凜の服かはわからない。答えはすぐ後に聞こえた寛治の小声でわかった。

「ほら、下着も脱げよ」

シックスナインしている僕と涼子先輩のすぐ背後で、寛治と夏凜が裸で抱き合って座っている。

「……トモ君。おちんちん硬くなったよ」

涼子先輩が愉快そうに囁くのと同時に、夏凜がか細く喘ぐ声が聞こえてきた。

「んっ、んっ……やっ」

一体どういう前戯を受けているのだろうか。僕からは見えるのは涼子先輩の勃起してきたクリトリスだけだ。

「お前濡れんの早すぎ」

そう笑う寛治。直後にパチンと肌を手の平で叩く音。

「褒めてんだから暴れんなよ」

「……嘘。絶対馬鹿にしてんでしょ」

「してねーっつーの」

いつもの小さな諍いを聞きながらも、涼子先輩の膣がてらてらと粘液を分泌し出しているのが舌先で感じ取れた。自覚が無いだけできっと僕も我慢汁を垂らしているのだろう。そう思った直後だった。

涼子先輩が舌先で鈴口をぐりぐりとほじるように舐める。

「うぅ……」

股間から脳天に電流が駆け上がる。

「……先輩……それ、気持ち良すぎです」

「ふっふっふ。トモ君のクリ責めがすごくエッチだったからお返し」

それにしても涼子先輩の下半身はエッチだ。しっかりとした骨盤を連想させる腰回りに、陰毛の無い局部。むっちりと肉付きの良い太ももから下は、すらりとしたふくらはぎが伸びている。思わずむしゃぶりつきたくなる。

涼子先輩のクリトリスは舐めれば舐める程に硬くなっていった。

「んっ……はぁ……あっ、ん……」

肉竿に舌を這わせながらも甘い声を漏らす。その吐息が陰茎をくすぐり、余計に僕の下腹部は熱くなる。

盛り上がってきたのは僕らだけではない。

僕らの背後では、涼子先輩とは別のフェラチオの音が聞こえてくる。

くちゅ、くちゅ、くちゅ。

夏凛が寛治のをしゃぶっているのだ。ソファに腰掛けた寛治の前に腰を下ろし、その小さな口をいっぱいに広げて巨根を頬張っている。そんな妄想が僕を滾らせる。

やがて寛治は充分だと感じたのか、僕に声を掛ける。

「トモー。コンドーム取ってくれー」

「え、どこにあるの」

「枕元の照明とか弄るとこにあるだろ」

手を伸ばすと確かにコンドームが置かれていた。しかも丁度二つ。

「投げてー」

寛治がそう言うので、一つを寛治の方へ投げる。

その際に視界に映ったのは、妄想通りに寛治の前で腰を下ろしていた夏凛の後ろ姿だった。全裸の夏凛の背中はとても華奢で、まるで芸術品のようで思わず見惚れる。

寛治はコンドームの包装を破るとそれを夏凛に渡した。

「口だけで着けてみ」

「はぁ？　そんなの無理に決まってんでしょ。こんな無駄にデカいんだから」

「大丈夫大丈夫。気合でいけるって。涼子だっていつもそうしてくれてんだから」

「……涼子先輩が……」

涼子先輩をお手本とする夏凛にとって、その言葉は向上心を煽るものがあったのだろう。夏凛は口でコンドームを着ける事に挑戦するようだった。

「がんばれー」

能天気な声で応援する寛治。

「ちょっとうるさい。集中が乱れる……これを……こうして」

すぐ近くで夏凛が健気にも口だけを使ってコンドームを着けようとしている。その事実が僕の下半身により血流を集めた。

涼子先輩が滾る肉棒を優しく扱きながら言う。

「あはは。ガチガチだね。もうしちゃおっか」

僕の上からどくと、もう一つ残っていたコンドームを手にする。そして夏凛の方へと声を掛けた。

「夏凛ちゃん。見てて。こうするんだよ」

夏凛が振り向く。するとゴムを口に咥えた涼子先輩が亀頭にキスをし、そのまま男性器を咥えながらゴムを装着していった。

「すごい」

夏凛は感心したように小さく拍手をする。

「ちょっと慣れが必要だけど、そんなに難しいものでもないから。あと寛治君の太いからちょっと難しいよね」

「そうなんですよ。こいつのちょっと削ぎ落してもいいですか？」

「あはは。寛治君の太いのも好きだから勘弁してあげて」

そんな会話を交わすと、夏凛は一瞬だけ僕を見た。その表情はとても複雑そうだった。嫉妬やら何やらが入り混じった感情。僕の胸にも同じ想いが燻っている。

ともかく夏凛は再び寛治の方へと向き合った。

涼子先輩は四つん這いで僕に顔を近づけてきた。

「トモ君はバックでするの得意？」

「いや、どうでしょう」

しかし他人の恋人の顔を見ながらセックスするよりは精神的に楽な気がした。

涼子先輩は僕の唇を人差し指でゆっくりなぞると楽しそうに笑う。

「自信満々ですって顔に書いてある」

「そんな事ないですって」

「あは。じゃあともかくバックで突いてもらおうかな」

僕は素直に頷いた。しかし心臓はドキドキとうるさい。

四つん這いのままになっている涼子先輩の背後で膝立ちになった。

その瞬間に僕はこの体位を選んだ事を後悔した。

涼子先輩がおりなす後背位の後ろ姿は、男を過剰に燃え上がらせる程に官能的だったのだ。

一見夏凛と同じくらいの肩幅や背中で華奢に見える。しかしところどころの肉つきが男を惑わせては狂わせる。

ふくよか過ぎて脇腹から覗き見える横乳。安産型の臀部は腰のくびれをより強調している。そして無毛の陰唇がぱっくりと開いて、濡れた桃色の膣口をヒクつくせている。

妖艶の花。

頭がクラクラと揺れて正気を失いそうだった。

意識の奥から声が聞こえる。それは雄の本能。

『早くこの女とやらせろ』

『この女の身体が欲しい』

『この白桃のような肉尻に男根を根本まで突き刺して、ガッガッと犯したい』

耳元で囁く獣達の誘惑。

僕はかぶりを振って、手の平に夏凛という字を書いて飲み込んだ。悪霊退散。悪霊退散。

用途も怪しいおまじないだったが効果があったのか、異常なまでの性的興奮は少しだけ落ち着いた。もう少しでケダモノのように涼子先輩に襲い掛かるところだった。

しかし一秒でも早く挿入したい意欲は変わらない。

それはとても不純なものに思えて後ろめたかった。僕はそれを振り払うように天を仰いで叫ぶ。

「僕はぁぁ！　夏凛が大好きだぁぁ！」

全員が「え、急にどうしたの？」といった様子で僕を見る。僕は構わず続ける。

「とても気が強いのに、僕にだけは甲斐甲斐しくていじらしいところが可愛すぎて大好きだぁっ！」

「なんだなんだ。なにかの発作か？」

寛治が本気で心配したかのように言う。

「夏凛ちゃんに改めて愛を約束したかったんだよね？」

涼子先輩は愉快そうだ。

そして問題の夏凛は僕の方を振り返りもせずに言った。その言葉はまるで戦場を前にした武士のように決意で固められていた。

「……ありがとうトモ。あたしもこんな馬鹿のちんこになんて絶対負けないから」

僕と夏凛の肌は離れている。いつものように抱きしめ合ってはいない。それでも心だけは伝わり抱擁して温もりを感じ合っていた。

僕はそれを確信すると、涼子先輩の桃尻を両手で掴んだ。

水平以上の角度に勃起した期待に荒れ狂う陰茎の先端を濡れた膣口にあてがう。

腰を押し進めると亀頭と膣口がむにゅりと濃厚なキスをして、陰唇を押し広げながら肉壺の中に男根が飲み込まれていく。

ムチムチのお尻にガチガチの男性器が挿入されていく様は淫らを極める光景だった。涼子先輩の膣道は相変わらずうねうねと複雑な曲がり方をしていて、その上で肉壁はどこも粒が立っており、それらが縦横無尽に絡みついてくる。

さらには温泉に肩まで浸かった時のような温もりと安らぎで男性器を包み込む。

女性を性的な部分でのみ評価するなんてとても浅ましく卑しい事だ。しかしそれでも涼子先輩の抱き心地は見た目も中身もすべてが極上すぎる。

僕は気がついたら催眠にでも掛かったかのように腰を振っていた。

「あんっ、あんっ、あんっ、あんっ♡」

涼子先輩の丸いお尻に下腹部を叩きつけて、パンパンパンと乾いた音をリズミカルに奏でている。

「やっ、あっはっ♡　トモ君、いきなり激しっ♡　あっ、そこ、すごっ、いっいっ、あっい♡」

僕が涼子先輩の膣壺と後ろ姿に夢中になっている間に、夏凛も口でのコンドーム装着を終えていたようだった。

「おーし、やればできるじゃん。それじゃこのまま上に乗れよ」

手を伸ばせば届きそうな距離のソファで、寛治と夏凛が対面座位をする。

その不条理を僕はピストンに込める。

がっつくように腰を振った。

すると快楽を得られるのは男性器だけではない、
下腹部を臀部に叩きつけると、しっとりしたモチ肌がぺったんぺったんと吸い付いてくるのだ。それが妙に心地良い。

「あっ、あっ、あっ、あっ、あっ♡」

それに加え涼子先輩はなんとも艶めかしい声で鳴く。男のプライドをくすぐるような声。

「あっ、いぃ♡　硬いっ♡　おちんちん、奥っ、当たるっ♡」

耳が幸せすぎて鼓膜が絶頂してしまいそうだ。

「いっ、いっ、いっ♡　トモ君っ、あっいぃ、すっご♡」

彼女は両手でシーツをぎゅっと握りしめた。感じている。それが演技ではない事を、彼女の背中に薄っすらと浮かんだ汗が証明している。

汗ばんでいるのは涼子先輩だけではない。僕はとっくに全身汗塗(まみ)れだ。

有酸素運動による消耗ではない。本能による発汗だ。

僕の身体が勝手に涼子先輩を孕ませたがっている。それほどまでに彼女と後背位でセックスするという事は男の肉欲を煽った。

このまま涼子先輩に魅了されっぱなしではいけないと思い、夏凛の方に意識を向ける。

「この前よりすんなりと奥まで入ったじゃねえか。少しは慣れたか」

「……慣れたかないわよ。あんたのちんぽなんか」

無愛想にそう悪態をつく夏凛。

しかしソファが軋み出すと声色が一転する。

「さて、向こうに負けないよう俺らも盛り上がるか」

「……んっ、んっ、んっ……」

「なに喘ぎ声我慢してんだよ」

「……別に、我慢なんて……あっ、んっ……」

「いまさら俺に恥ずかしがる事なんてねーだろ。並んでオムツも替えられてた仲なんだし」

「別にあんたに慮(おもんぱか)ってるわけじゃないわよ！」

「じゃあトモがいるから恥ずかしいって？　でも俺はそのトモに涼子をあんあん喘がせられてるぞ」

「あっ、あっ♡　ざ、ざまあみろ」

「こう見えても嫉妬してるんだからな。だからトモにも嫉妬してもらう」

「やっ、だ……あっ、こら……」

二人の交わる音が一段と激しくなった。

「あっ、あっ、あっ、あっ、あっ♡　い、いや、おちんぽ、強、すぎっ♡」

涼子先輩に手一杯ではぁはぁと息を切らしている中、横目でちらりと夏凛の方を様子見する。

ソファの上で全裸になり対面座位をしている二人。夏凛の両手は寛治の肩に乗せられている。寛治は一瞬

僕と目が合うと、サムズアップをして両手で夏凛の引き締まった臀部を鷲掴みにした。

「あいっ♡　いっ、いっ♡　ふ、深い♡　ズンズンって、ちんぽ、一番奥まで来るっ♡」

「夏凛。お前はもっとメシを食え。尻にもっと肉つけろ。と思ったが小ぶりな桃尻もたまにはいいもんだな。

乳も結構でかいし」

　そう言いながらも、きゅっと引き締まったお尻に指を食い込ませて突き上げる。

「あっ、あっ、あっ、あっ、あっ♡」

　寛治の野太い陰茎が夏凛のスレンダーな下半身を突き刺す光景が僕の顎にアッパーカットを食らわせる。

　なにより衝撃的なのは、寛治の陰茎がすぐに白く泡立っていくところだ。切羽詰まった声も夏凛が感じている証左。

　僕は言い様の無い焦燥感を覚え、それは興奮へと繋がった。嫌悪感が皆無に等しいほど薄いのはこの場にいる全員が親友で、同意の元で行っている行為だからだろう。

　僕は夏凛が寛治に抱かれている姿を見ながら涼子先輩を突く。

「やっ、あっあっ♡　トモ君のおちんちん、また強くなった♡」

　涼子先輩は肩甲骨をぎゅっと狭めて背中を反らせた。

　そして振り返ると僕をからかうような微笑みを浮かべて囁く。

「夏凛ちゃんの可愛い声聞いて発奮しちゃった？」

　誤魔化しようもないので素直に認めた。

「……まぁ、そんなところです。でも……」

「でも？」

「この体位で目にする涼子先輩の身体が綺麗だと思ってるのも本音です」

「あら、ありがと。私もトモ君のおちんちん、すごく素敵だと思ってるよ」

　普段通りの雰囲気で会話するとピストンを再開する。

パンッ、パンッ、パンッ！

「あっ、あっ、いぃ♡」

先程よりも肉と肉がぶつかる音が激しくなったかと思えば、涼子先輩の方からも腰を振っていた。

押し引きのタイミングはばっちり合っていて、二人で絶妙な摩擦を生じさせていた。

「あんっ♡　あんっ♡　あんっ♡」

寛治が横槍を入れる。

「涼子。喘ぎすぎじゃね？　なんか胸にぐさぐさと来るんだけど」

涼子先輩はその名の通り涼しげに返した。

「そういう刺激が欲しかったんでしょ？」

「まぁそりゃそうだけど。じゃあ俺は夏凛を激しく攻めるもんね」

半分冗談っぽくではあるが不貞腐れるようにそう言う寛治に、夏凛は肩で息をしながらも呆れたように反応した。

「……ちょっと……八つ当たりで好き勝手動かないでよね」

その言葉に僕も苦笑いを浮かべる。やはり涼子先輩への激しい抽送の源は嫉妬だからだ。

「じゃあお前が腰振れよ」

「……はぁ、はぁ……そんな余裕……無いわよ」

「じゃあワガママ言うな。それじゃ本気でいくぞ」

「え、ちょっ、待っ……」

「待ちませぇん」

ふざけた口調でそう言うと、寛治の腰はガツガツと夏凛を上下に揺さぶった。

「あぁっ♡　あっあっあっ♡　ひっ、いぃっ♡　いっ、いっ、いぃっ♡」

夏凛の脇が締まり、背中が強張る。

結合部がズコズコと容赦のない音を立てた。

「おらおら。どうだ。イケイケ」

寛治は昔夏凛にちょっかいを出していた、ガキ大将の頃の顔でそう言う。

「あっ、ひっ♡　ひっ、いっ♡　いっん♡　あひっ♡」

それに対する夏凛の嬌声は成長した女そのものだ。

耳をつんざくような夏凛の淫らな音色は僕の心臓を鷲掴みにする。

僕はその感情を燃料にして腰を振り、目の前の恋人ではない、しかし男に至福を与える身体を持つ親友のカノジョに肉欲をぶつけた。

「あっ、あっ、あっ♡　トモ君、おちんちん、すごくガチガチ♡　すごいね♡」

涼子先輩が嬉しそうに喘ぐ。

「ひぃ、ひぃっ、だめっ、だめっ、寛治っ、おっきぃちんぽ、そんなズボズボしちゃだめぇっ♡」

すぐ近くでは夏凛が切迫感溢れる声を上げている。

もう僕はわけがわからなくなった。

身体は涼子先輩で蕩けて、心は夏凛への嫉妬で燃え滾る。

息苦しいのは激しく腰を前後させているからなのか。それともこの部屋の空気が薄くなってきているからなのか。

そんな中、寛治から能天気な声が届く。

「なーなートモ。どっちが先に相手イかせるか競争しようぜ」

僕は汗を流しながら涼子先輩の腰を両手で掴みつつ、提案された内容もろくに咀嚼もできないまま頷いた。

「よっしゃ。じゃあさっさといつも小うるさい幼馴染を黙らせるか」

夏凛は肩で息をしながら応戦する。

「いつも……うるさいのは……あんたの方でしょ……バカ寛治……」

「それだけ悪態つける余裕があるのは結構結構」

寛治はにやりと口角を上げるとさらに突き上げを強化した。

「あいっ♡　いっいっひっ♡　ひぃ、ひぃ……あっひっ♡　だめ、もう、おまんこ壊れるっ♡」

「壊れねーよ。こんだけしっかり俺の形に馴染んできてるんだからな」

「……あんたのちんぽにっ、馴染んでなんかっ……あっ、すごっ♡　頭に、びりびり来るっ……♡」

「うっ……ちょっと俺もやべーな。きつきつだったお前の中、いい感じにほぐれてきて丁度いい具合に締め付けてくるようになってきたわ」

「じゃあ……さっさとイキなさいよ……このくされ精子で膨れ上がったちんぽ」

「おいこら。ここでさらに締め付けてくんなよ……うぐ……やべ……手で握られてるみたいな肉圧……」

「あっ、あっ、あっ、あっ、あっ♡　やば……イキそ……おまんこ……溶けちゃう……」

「ちっ、しゃーねーな。一緒にイってやるからさっさとイケよ」

「あんたなんかと、一緒になんて……いっいっ♡　あぁっ、いいっ♡　イクっ、イクっ♡」

「俺だってお前と一緒になんてゴメンだね」

「こっちの……セリフだっつーの！」

夏凛はトロトロに溶かされながらも、拳で寛治の胸板を叩いていた。

そのお返しに寛治は夏凛の臀部を両手で叩いてサンバのリズムを奏でる。

兄妹がじゃれついているような雰囲気の中、それぞれセックスによる快感はしっかり得ているようだった。

「あーやべ。イキそ」

「んっ、くぅ……あぁっ♡　だめっ、くるっ、きちゃう♡　ううううっ！」

二人は佳境に入っていた。

寛治と夏凛が生み出す熱気が僕らの方にも伝わってくる。

「あー出るっ！」

「イックぅっ♡♡♡」

仲良く同時に絶頂に達する声が聞こえてきた。

僕はそれを耳で聞きながら、腰は涼子先輩との後背位で夢中になっていた。

寛治と夏凛は無言になり、二人の荒い息遣いが聞こえる。絶頂の余韻に浸っているようだ。

その間も僕は涼子先輩と必死に交わっていた。

顎から滴る汗が、ただでさえ汗ばんでいる彼女の桃尻を濡らす。

どちらが先に相手をイかすかという競争には負けたが、僕は涼子先輩の絡みついてくる名器に包まれる至福に思う存分浸っていた。試合に負けて勝負に勝ったとでも言えばいいのだろうか。

涼子先輩が振り返って舌をちろりと出す。

「ごめんね。先にイってあげられなくて。トモ君のおちんちん気持ちいいし、ずっと味わっていたいからすぐイっちゃうの勿体ないかなって」

その言葉に射精中であろう寛治が横槍を入れる。

「彼氏の前でそんな事言うなよ！　寝取られだ寝取られ！　鬱勃起するわ！」

「大丈夫。ちゃんと一番は寛治君だから。そういうもんだから。ね？　夏凛ちゃん」

話を振られた夏凛は、ぜーはーと盛大に息切れしながらも答えた。

「あ、当たり前……ですよ………こんな奴の……ただでかいだけのちんぽ……これっぽっちもトモに勝ってる要素無いですよ……はぁ、はぁ……」

息も絶え絶えだが、その言葉が嬉しい。

しかし僕の腰は脳から自立した生き物のように前後運動を止めない。

「あっ、あっ、あっ♡　トモ君のおちんちん、奥の丁度いいところ擦ってきてくれる♡」

涼子先輩は涼子先輩で声が甲高くなっていく。絶頂はそう遠くない。

その様子に寛治はそわそわしているようだ。

「くっそ。やっぱり目の前でカノジョと親友のセックス見せつけられるのは胸に来るものがあるな……。夏凛。そんな可哀想な幼馴染を慰める為にお掃除フェラをしてくれ」

夏凛はまだ息が整っていない。

「……全部あんたが言い出した事でしょうが」

そう言うと、夏凛は腰を浮かせて寛治との結合を解いた。

そして絶頂直後のおぼつかない足取りで僕の方へと近づいてくる。

「……もうダメ。我慢できない」

夏凛は潤んだ瞳でそう呟きながらベッドに乗ると横から僕に抱き着いてきた。

「トモぉ……こっち見て」

泣きつくような声で縋りついてきたかと思うと僕と唇を重ねる。

上半身は夏凛の温もりで、下半身は涼子先輩の温もりで幸せになった。二人の柔らかい熱気に包まれてサウナのような蒸気が立ち昇る。

僕と啄み合うようなキスをしながら夏凛は僕と涼子先輩の結合部分を目にしたようだ。特に涼子先輩の官能的な後ろ姿は僕と同じような感想を持ったらしい。しゅんとなりながらも僕の頬を持って顔の向きを自分に固定させる。

「涼子先輩エッチすぎだからって、そっちばっかり見ちゃやだ」

陰茎は根本まで涼子先輩の肉壺の中でガチガチに勃起しているが、唇は夏凛と交接する。互いを求め合うような感情的なキス。

「おいおい。独り占めすんなよ」

僕は上から下まで女体と繋がり、三人で一つの生き物のようになっていた。

そこに寛治も乱入してきた。

「涼子ー。夏凛がケチだからお掃除フェラしてくれないんだよ」

「はいはい。綺麗にしてあげるからこっちおいで」

寛治はコンドームを外して半勃ちの男根を涼子先輩の顔に持って行った。

四人がベッドの上で繋がる。

僕と夏凛がキスをして、僕と涼子先輩が性器で繋がり、涼子先輩が寛治の陰茎を舐めている。

不思議とこの状況に背徳や性的興奮は訪れない。海の帰りの電車で、皆で並んで眠った時のような安心感や青春の空気が香った。

「なんかツイスターゲームしてるみたいだね」

寛治の陰茎に付着した精子を舐め取りながら涼子先輩が笑う。

「夏凜が好き勝手やるからな～」

寛治の苦言など気にする素振りもなく夏凜は僕に唇を押し付け続ける。

「……あたしとのキスでイってくれなきゃヤダ……」

密着する恋人の裸体は、他の男に抱かれた熱でずいぶんと温かかった。それでも僕はその体温を幸せだと感じる。

夏凜の瞳の目尻からは涙が零れそうだった。

涼子先輩が微笑ましそうに言う。

「夏凜ちゃんったらいじらしくて可愛いんだから」

夏凜はその言葉に反発する。

「だからっ！　涼子先輩がエッチすぎるのが問題なんです！」

「そんな事言われても」

涼子先輩が苦笑いを浮かべ、寛治がいつものように吐き捨てる。

「お前はもっと肉を食え肉を。そんで肉をつけろ肉を」

僕は夏凜の口に舌を差し込み、夏凜も目を瞑ってそれを受け入れた。

下半身では陰茎で涼子先輩の膣壺と摩擦しながら、上半身は夏凜と舌で交接する。

「じゃあ、夏凛とのキスでイクね？」

僕の言葉に夏凛が切なそうな顔で頷いた。

「え～。私のおまんこでイってくれないの？」

涼子先輩が冗談交じりに僕らをからかうと、夏凛はその涼子先輩のお尻をぺちんと叩いた。

僕らは再び目を瞑って深く濃厚なキスを交わす。

それと同時に腰を振って、涼子先輩のふんわりとした肉壁を堪能する。

「んっ、んっ、あっ、い♡　トモ君のおちんちん、今までで一番ガチガチになってる♡」

「そりゃあ愛するお姫様とキスしながらだからな」

寛治と涼子先輩が茶化してくるが、僕らは気にしない。

パンッ、パンッ、パンッ。

くちゅ、くちゅ、くちゅ。

舌が蕩けて、性器も蕩ける。上半身は恋情で、下半身は友情で満たされていく。

「……出そう」

僕の言葉に涼子先輩が夏凛より先に反応する。

「あんっ♡　あんっ♡　あんっ♡　いっぱい出していいよっ♡」

夏凛がすぐさま指摘した。

「それあたしのセリフですからっ！」

「はいはい。ごめんね」

気を取り直して夏凛が僕の舌を吸いながら言う。

「……いっぱい出していいよ」

男根の根本に蓄積された精液が一気に尿道を駆け上がった。

「フーーー！」

寛治が茶々を入れるがそんな事を気にしている余裕は無い。

「ああっ、出るっ……」

夏凜と唇を重ねながら涼子先輩の中で射精する。

ドピュッ……びゅるるるっ！

男根を根本まで押し込むように、下腹部をむっちりした桃尻に密着させた。

「あぁっ、おちんちん、ビクビクしてる……っくぅ♡」

涼子先輩は背中を小さく震わせている。どうやら軽く絶頂しているようだ。

夏凜は少しでも意識を自分に向けさせようと、必死に僕の唇を吸ってくる。その様子がまた可愛らしくて僕も応えようとする。

しかしやはり射精の快楽は強烈で、下半身の刺激を無視する事はできない。

涼子先輩の中は優しくて、射精中でもずっとこのまま繋がっていたいという欲求を僕に生じさせていた。

それでも僕は夏凜への愛を第一に置く。

「大好きだよ……」

キスと射精をしながら呟く。

「……うん。あたしも……」

そんな僕らに寛治が感慨深そうに頷いた。もちろんお掃除フェラをされながら。

「あの恋愛に対してはウブで引っ込み思案だった二人が人前でキスをしながら愛を囁き合うなんて成長したなぁ。俺は嬉しいぞ」

そう言われるとそうだ。本来僕らは恥ずかしがり屋だ。

しかしこんな時くらいはいいだろう。僕と夏凛はちゅっちゅと音を鳴らしてキスを繰り返しながら、互いへの愛の言葉を交換しあった。

その際に僕の性器が別の人の性器と結ばれている事なんて些細な事に思えた。

愛とセックスは別なんだという事を僕は改めて思い知る。

それでも夏凛はヤキモチを妬いているのか、僕に涼子先輩と離れるように促した。

「……あたしもお掃除フェラする」

上目遣いで恥ずかしそうにそう言う。

「なんだよお前！　俺が頼んでも断固拒否だったのに！」

「寛治は黙ってて」

寛治の異議申し立てをぴしゃりと却下した。

僕は涼子先輩と離れるとその場に腰を下ろした。夏凛はその股間に顔を埋める。

「……上手くできるかどうかわからないけど……」

「気持ちが嬉しいよ」

そう言って夏凛の頭を撫でる。

涼子先輩も寛治をフェラし続けていたので、僕らは一つのベッドでほぼ肩を並んで本来のパートナー同士で後戯を受ける事になった。

夏凛の舌遣いはぎこちなかったが、それでも僕は感情が爆発しそうになった。

好きな人の舌が性器に触れている。それだけで射精のときよりも幸福物質が頭で弾けた。

そんな中寛治がまるで二人でサウナに入っているかのように爽快な笑顔を僕に向けてくる。

「いい汗掻いたな」

無邪気な笑顔だった。海で遊んでいる時と何も変わらない笑顔だ。

「……やっぱりセックスの経験や技量は寛治には遠く及ばないね。涼子先輩もギリギリでしかイかせられなかったし」

僕の敗北宣言を涼子先輩がフォローしてくれた。

「でもでも、トモ君は女性に優しいからそこはとってもいいなって思うよ。自信持っていいと思う。実際すごく気持ちいいし」

夏凛もぎこちなく陰茎に付着した精液を舐め取りながら言う。

「そうだよ。寛治なんかよりトモの方が全然気持ちいいんだから」

彼女の想いや舌遣いが嬉しくもくすぐったい。

「なんだよ二人ともトモの味方かよ～」

「だって寛治君って二人っきりの時なんかすごくSなんだもん。たまには私が攻めたいのにさ」

「え～そうなんですか？　寛治きもっ」

女子二人がお掃除フェラをしながらガールズトークをしている。

「わかったわかった。今後は善処します」

寛治は女の子二人に責められて降参といった様子で両手を上げた。

「なんかさ、男子達またおっきくしてきてない？」

涼子先輩が冗談交じりな口調で僕達を責めるような言葉を掛ける。

「気持ちいいの？」

僕を見上げる夏凛に頷いて返す。彼女は嬉しそうにはにかんだ。

「このまま二回戦いっちゃうか？」

寛治の言葉に、喜色満面だった夏凛が渋い表情を見せる。

「え〜。もういい。あとはトモと二人でいたい」

「わがまま言うな。皆は一人の為に。一人は皆の為にだぞ」

「だぞ、って言われてもさぁ……ていうかなに？　あんたあたしとエッチしたいわけ？」

「ちげーよ馬鹿。わかんねー野郎だな。俺は皆で遊びたいの」

「もういい。あたしはトモと寝るの」

そう言って夏凛は甘えるように頭を僕の太ももに乗せてくる。ちなみにそのすぐ横で男性器は勃起していた。

「まぁまぁそう言うなって。お前らが知らない大人のセックスをまだまだ教えてやるから」

「別にもういいわよ」

「お前らあれだろ。立ちバックした事ないだろ立ちバック。いいぞ〜立ちバックは」

夏凛はずりずりと身体を這い上がらせてきて、僕と寄り添うように抱き合う。頭を僕の肩に乗せて手を握り合った。

「立ちながらのセックスっていうのは緊迫感があってだな……」

寛治が立ちバックについて講釈を垂れている間、僕と夏凛は小声で囁き合う。

「駅前に新しいカフェできたんだって。ケーキがすごい美味しいんだって」

「本当？　じゃあ今度行こうか。夏凛の好きなモンブランもあるといいね」

「うん。楽しみ」

「おいお前らイチャつくな。人の話を聞け」

無視されている寛治がおかしかったようで、涼子先輩が手を叩いて笑っている。

それにしてもこの四人で裸でいる事にはすっかりと慣れてしまっていた。セックスをした直後というのもあるが、夏凛ですら次のデート場所を話す程度には平静だ。

「いーなー夏凛ちゃんの彼氏さんは優しくて。うちの寛治君は次どこに連れてってくれるのかなー？」

肘をついて腹ばいで、顔を寛治の股間近くに置いたままの涼子先輩が寛治を見上げながらニコニコしている。

寛治は胸を叩いて答えた。

「任せとけって。こう見えてちゃんと色々考えてあるんだから」

僕はそんな寛治に素直に感心する。

「三年も付き合っててデートする場所が尽きないってすごいね。僕なんか毎回あっぷあっぷしてるよ」

僕の言葉に寛治ではなく涼子先輩が返す。

「こう見えて寛治君ってすごい努力家だからね。私の為に毎回必死にデートプラン考えてくれるんだから」

涼子先輩が惚気かと思えるような事を言う。

実際寛治は照れ臭そうに頬を紅潮させた。僕の目の前で夏凛とセックスしようが一切照れた事の無い男がだ。

「な、なんだよ急に。そんな風に言われると恥ずかしいじゃんか」

寛治が照れ隠しに視線を逸らして頬を掻く。涼子先輩はそんな寛治を愛おしそうに目を細めて見つめながら少しだけ舌先を出した。

「夏凛ちゃんとトモ君がイチャついてるから、私も寛治君にイチャつきたくなっちゃった」

そう言うと勃起している寛治の陰茎の先端にキスをする。

そんな感じで一回戦の後の空気はまったりと流れていった。

「あそこはお薦めですよ涼子先輩。海の見えるカフェ。マスターの趣味で内装がすごく凝ってるんです」

「へぇ。ていうか夏凛ちゃんってカフェ巡り好きだよね。なんだか大人って感じ」

「いやぁ……えへへ」

四人でデートスポットの情報を交換し合ったり、または四人で次に遊ぶ場所を考えたり。

「やっぱり川辺でキャンプじゃね？　俺とトモが川魚釣ってくるから女子組でカレー作ってさ」

「あんた釣りできんの？」

「見ろこのでかい肉竿を」

「しょーもな」

「しょうもない言うな。そんで夜は焚き木の前でギター弾いて皆で大合唱よ」

「誰かギター弾けたっけ？」

『…………』

そんな気の許せる雑談を小一時間。

そろそろ汗も引いてきた頃に寛治が言う。

「よし。じゃあそろそろ二回戦な。立ちバック教えてやるから。な？」

「しつこいなぁ」

夏凛は露骨にうざそうにしながらも、なんだかんだで皆で『遊ぶ』流れに。

僕達の『遊び』にはトランプすら必要無く、身体さえあれば皆で楽しめるようになっていた。


「あっ、あっ、あっ、あっ、あっ♡」

「立ちながら腰を振るのは難しいけど要は慣れだ」

フロントに電話して追加のコンドームを受け取ると、僕の対面で寛治と夏凛が立ちバックを始めた。

「こうかな？」

「んっ、あぁっ、あっ、はぁっ♡　そっ、そんな感じで……あっあっ、きもちっ♡」

僕は寛治の腰つきを観察しながら、自分の下腹部を涼子先輩の腰にぶつける。

目の前には涼子先輩の桃尻。

少し遠くでは夏凛の美巨乳がぷるんぷるんと揺れている。

向かい合っての立ちバック。

夏凛と時折視線が合うは当然気恥ずかしいし、寛治と顔を合わせているのもなんだか複雑だ。その楽しそうな笑顔には少なからず性的な快感も含まれており、それが僕の恋人の膣で得られているのだと思うと僕の胸は痛みを覚えた。

しかしその痛みを打ち消すほどに血が陰茎に巡り、硬度を増して涼子先輩を貫く。

「あっあっ、ちょっ、はげしっ……こらっ、あっいっ♡」

涼子先輩の中はとても気持ちがいいし、夏凛の喘ぐ様子はとても愛らしかった。

「もっともっとバンバンッ！　って叩きつけてやると涼子は喜ぶぞ。こんな風に」

寛治はその助言通りに、バシンッ！　バシンッ！　と激しく腰を夏凛に叩きつけた。

「あぁんっ♡　はぁっん♡」

夏凛の膝ががくがくと揺れ、腰から崩れ落ちそうになる。それを涼子先輩が文字通り手を貸した。

「ほら、夏凛ちゃん。手を握って」

夏凛と涼子先輩が両手を握り合う。顔同士も目と鼻の先だ。

「寛治君。もっと優しくしてあげなさい」

そう言いながら、涼子先輩は夏凛の優しく額にキスをした。

「うぃーっす」

寛治のピストンが穏やかになる。

「こう見えてちゃんと気遣いはできる男の子だから」

「あっ、あっ、あっ♡　う、嘘、こいつは、あっいっ♡　昔からデリカシー、いっいっ、そこっ♡　な、無いんだから……あっあっ、すごっ♡」

僕が慣れない体位での腰遣いを休止すると、涼子先輩が息を整えながら夏凛を凝視していた。

「……なんだか、こう近くでマジマジ見ると夏凛ちゃん本当可愛いわね。キスしたくなっちゃうというか」

「おういいじゃん。女同士なんだし。やっちゃえやっちゃえ」

夏凛と涼子先輩がキス？　それはどうなんだ。寛治とは絶対に嫌だ。でも涼子先輩とはどうだろう。寛治と同じように女の子同士なんだから別にいいような気もする。

「ね？　トモ君は嫌？　私と夏凜ちゃんがキスするの」

「ぼ、僕は……」

ごくりと喉を鳴らすと胸の奥で湧いた欲望に忠実となる。

「……あ、有りだと思います」

「こ、こらぁ……あたしに、決定権は……あいっ♡　はぁっいっ、いんっ♡」

などと言いながら夏凜も別に嫌悪感は無いようだった。ただでさえ夏凜にとって涼子先輩は憧れの大人の女性。それに加えて寛治の巨根でトロトロに蕩けさせられている。

「じゃあキスしちゃおっか。やだ。自分で言っておいてなんだか恥ずかしいな」

「キース、キース、キース」

寛治が煽りながらピストンを続ける。

「あっ、あっ、あっ♡」

「夏凜ちゃんは嫌？　嫌だったらしないよ」

「………トモがそう言うなら……涼子先輩限定で……嫌じゃない……かも、です」

涼子先輩の顔が近づいていく。夏凜が目を瞑った。二人の握られた両手に力が入るのが見て取れる。

二人の唇が重ねる。ちゅ、と可愛らしい音が鳴った。

「やだ、なんだか変な感じ。でも女の子の唇って柔らかくて気持ちいいね。夏凜ちゃんはどうだった？」

快活に笑う涼子先輩に対し、夏凜は恥ずかしそうに笑う。まるで余興の罰ゲーム直後みたいな雰囲気。

「……恥ずかしいけど、変な感じです」

そう言うと涼子先輩が主導でちゅ、ちゅ、と続けざまにキスをした。

自然と僕と寛治はそのキスに合わせて腰を振る。

「あっ、あっ、あっ♡　んっ、ちゅ」

「んっ、んっ、んっ♡　ちゅぅ、っちゅ」

二人は甘い吐息を吐きながら、唇を啄み合っていた。

対面している寛治が僕に向かって言う。

「……なんか、超エロくね？」

「……うん」

なぜだろうか。夏凛と涼子先輩のキスは、夏凛と寛治がセックスしている時よりも余程官能的に見えて背筋がそわそわとする。

しかし女の子同士だからか嫉妬は薄く、ただただ単純にその可憐さに胸がときめいた。

ちゅっちゅ、ちゅっちゅ。

「んっ、先輩……」

「あは、夏凛ちゃんの唇すっごく綺麗だね」

夏凛の薄い唇。涼子先輩の少し厚みのある唇。どちらも柔らかくてゼリーのような唇。それを優しく押し付け合っている。とても気持ち良さそうに見えた。

僕も寛治も思わず見入ってしまっていると、涼子先輩が眉を八の字にして口を尖らせる。

「こらー男子ー。腰止まってるぞー」

「すっ、すいませんっ！」

僕と寛治は慌ててピストンを再開する。

パンパンパン。

「あっい♡　いいっ、ちんぽっ、おっきっ♡」

「んっあっ、トモ君、そこっ、あっ♡　上手っ♡」

僕らの男性器には確かに身悶えしながらも、その合間合間でキスを欠かさない女子二人。

僕は夏凛とも対面している。その恋人が助けを求めるような視線を向けていた。

「ん、やだ……先輩ったら舌も入れてくる」

「そ、そうなんだ……」

「えー、いいじゃないこれくらい。ね？　女の子同士のスキンシップスキンシップ」

なんだか涼子先輩が軽薄なナンパ男みたいな事を言い出している。

寛治が相手なら無条件で止めに入るところだが、相手が涼子先輩となると感情が複雑に入り混じる。

「あんまり虐めないであげてくださいね」

そう言いながら僕は涼子先輩を突き上げる。

「あっ、あんっ♡」

そう、恋人の唇を奪っているのは僕と結合している女性その人なのだ。

「大丈夫。ちゃんとトモ君と一緒に優しく気持ち良くさせてあげてるよ」

その言葉は嘘ではない。夏凛の上唇を甘噛みしつつも、同時に膣は僕の陰茎ににゅるにゅると絡みついてきている。

涼子先輩は僕と夏凛を同時に愛してくれている。いや、愛ではないか。遊んでくれている。

寛治は寛治でご満悦のようだ。

「女子同士のキスってなんかいいな……なんか新しい扉が開きそう」

そう言いながら腰を突き上げる。

「んっ、にゃっ、あっあっ♡　いっ、いいっ♡　奥っ、駄目っ、そんなズンズン、しちゃ……あんっ♡」

夏凛は膝をがくがくと揺らしていた。股間から愛液を垂らし、内ももを伝って床を濡らしている。涼子先輩も本気汁で僕の陰茎を真っ白に染め上げていた。

夏凛と涼子先輩は男の逞しさだけでそこまで感じているのだろうか。女の子同士の柔らかさも高揚の起因になっているのではないかと考えてしまう。

なにしろ夏凛が照れ臭そうにしながらも、あれだけ気持ち良さそうにキスをしているのだ。

「あっあっあっ♡　もう、先輩、駄目だって……やっ、あっ♡」

「夏凛ちゃん舌長いね」

夏凛は上下の口を同時に寛治ペアから攻められてもう陥落寸前だった。

今にも砕け落ちそうな腰は寛治に無理矢理引き上げられている。

涼子先輩に唇を吸われた表情はトロンと蕩け、今にも燃え尽きそうな線香花火を連想させた。

僕は負けじと涼子先輩を気持ち良くさせねばとピストンに気合を入れる。

これは誰かが一人だけ気持ち良くても駄目なゲームだ。

皆で気持ち良くならなければならない。

慣れてきた腰つきで力強く涼子先輩の桃尻を突き上げる。

「あっ、あっ、あっ♡　トモ君っ、おちんちん、強いっ♡」

夏凛とのキスばかりに集中させるわけにはいかない。バックで突いている男としての矜持が燃え上がる。

「お、やるなトモ。俺も負けてらんねーな」

僕の奮起に寛治も釣られる。

バンバンバンと腹筋の割れた下腹部が夏凛のスレンダーな臀部を荒々しく突いた。

「あんっ、あんっ、あんっ♡　だめっ、おまんこ、痺れるっ♡」

「よし涼子。二人掛かりで夏凛をイかすぞ」

「オッケー」

「ちょっ、待って……トモぉ……」

夏凛が僕に救援要請を出している。もちろん無視する事はできない。僕に課せられた役割は、少しでも夏凛へ向けられている寛治ペアの攻めを緩和させる事。涼子先輩を激しく突いて、夏凛へのキスを邪魔する事だ。

今からこのセックスはそういうルールを秘めたゲームとなった。そのルールは皆が共有している。繋がっているのは僕と涼子先輩。しかしチームは僕と夏凛なのだ。

「夏凛。僕が助けてやるからな」

そう言って激しく涼子先輩に腰をぶつける。

「あっ、こらっ、あんっあんっ♡　やっ、深いとこ、届くっ♡」

目論見通り涼子先輩はキスどころではなくなる。

「ふん。小癪な」

寛治は鼻を鳴らして夏凛を貫く。

「いっ、いっ♡　あぁっいっ♡　ひっ、ん、あっひぃっ♡」

夏凜の膝がさらに揺れる。もう彼女は限界だった。いつイってもおかしくない。

夏凜が泣きそうな顔で僕に視線を送る。

「……ごめんトモ……イキそう……」

僕はそれを責めない。

「いいよ。無理して我慢しなくていいんだからね」

そう言いながら涼子先輩の尻肉を陰部でパンパン叩く。

「あぁっ♡　あいっ♡　トモ君の、丁度いいとこ当たるっ♡　寛治君、私もやばいかも……」

「マジか……てか俺も……トモは？」

「涼子先輩の中じゃいつでもギリギリだよ……」

ここで皆の共通認識がアップデートされる。

ルール変更。

勝利条件が皆で一緒にイク事となった。

一体何と戦っているのやら。

それでも皆は大真面目にチームワークを構築する。

「ほらイけ夏凜。さっさとイけ」

「命令するなっての……あいっ、ひっん、いっいっ、ひっいぃ♡　イクっ、イクっ♡」

「涼子先輩、僕の方はもう限界なんですが」

「大丈夫、私ももういつでもイける感じだから……んっあっ♡　あぁっあっ……イキそう……♡」

夏凜と涼子先輩の繋がれた両手に力が込められる。

寛治は苦悶とも取れるような表情を浮かべて、一心不乱に腰を振った。

不思議な一体感を感じる。

僕から涼子先輩、涼子先輩から夏凜。そして寛治へと直列繋ぎになっている僕達の幸福感は一つになって多重の恍惚は凝縮された。

僕らは声を重ねる。

『イック！』

全員の動きが静止する。

目の前で散っていた火花が収束して、小さな太陽を作り出した。それは僕らが四人で生み出した熱の塊。

涼子先輩の桃尻とむっちりした太ももがぶるぶると震える。その柔肉の中で僕は精を吐き出していく。

「熱っ♡」

コンドーム越しでも分かる僕の精液の熱さで涼子先輩はさらに絶頂して背中を震わせる。夏凜も同様の反応を示していた。

「やっ、精子、熱いっ♡」

夏凜の方からぎゅうっと涼子先輩の手を握ると、夏凜の股間からぴゅっぴゅっと潮が吹かれた。びちゃびちゃと床を濡らしていく。

寛治が射精で弛緩しながらも夏凜を笑った。

「なに一人だけお漏らししてんだよ」

「……うっさい！　あんただって白いの人の中でびゅーびゅー出してんでしょうが！」

夏凛は膝をガクガク揺らしながらも猛烈に反論している。

こんな時でも変わらない二人を見ながら、僕は涼子先輩の中で筆舌に尽くしがたい至福を得ていた。

温かい。

それは涼子先輩の肉壺だけの話ではない。

この場の空気、雰囲気すべてが僕を優しい何かで包み込んでくれている。

皆と出会えて良かった。

そんなセリフが頭に浮かんだが、きっと皆に大袈裟だと笑われるだろうから黙っておいた。


その後はやはりセックスをした事なんて嘘のように皆で談笑したりカラオケをしたりした。

夜も更けると寛治と涼子先輩が自分達の部屋に戻っていく。

「おやすみ～」

何事も無かったかのように挨拶を交わして二人と別れ、そして夏凛と再び二人きりになる。

僕も夏凛もどっと疲れが出たのか同時に苦笑いを浮かべた。

「なんだか忙しかったね」

「ね」

「シャワー浴び直して寝ようか」

「うん。あ、どうせならお風呂にお湯張ろうよ」

その提案に乗ると、数分も待たない内にお風呂の準備が整う。

夏凛がやけにもじもじしながら口を開いた。

「……どうせなら、その……一緒に入る？」

僕は一瞬呆然としたが、その問い掛けに頷いた。

それほど大きなお風呂ではなかったけれど、二人で入浴するには十分な広さだった。僕が夏凛を後ろから抱えるようにお湯に浸かった。

夏凛の背中はやっぱり華奢で、寛治の言う通り涼子先輩と比べると肉つきや腰つきはまだ若干未成熟さを感じさせる。

しかしそれが僕を安心させた。僕は自分の胸板を夏凛の背中に密着させるように、やや前傾姿勢となった夏凛を後ろから抱きしめる。

「なんだか照れるね。一緒にお風呂入るのって」

「……うん。こんなの初めてだもん」

「でもすごくホっとする」

「……あたし達恋人だもん」

「そうだね。なんだかさ、やっぱり夏凛が好きなんだなって思った」

夏凛が嬉しそうに笑う。

「急になによ」

「なんとなく」

「うん……」

幸せな静寂が訪れる。

きっと寛治と涼子先輩も、今頃似たような会話をしているに違いない。

第三・五話

海から帰ってきて数日後。

僕達はいつも通り涼子先輩の部屋に集まっていた。

「いつも涼子の部屋ばかりじゃなくて、たまにはスターベックスにでも行ってお洒落に皆でカフェタイムといきたいけどなぁ」

寛治がコップに注がれたオレンジジュースをストローで飲みながらウンザリするように言った。そんな寛治を涼子先輩が諌める。

「この前の海水浴旅行でお金使っちゃったでしょ」

そう。家がお金持ちの涼子先輩を除いては、僕らは普遍的な金欠学生なのだ。

「金が無い若者がやる事といえば一つしかないよなぁ……」

寛治がそう言いながら涼子先輩の肩を突く。

涼子先輩はその指を軽くあしらった。

「学生の本分は勉強よ」

さらには夏凛が丸めたストローの袋を寛治の顔面に投げつける。

「この性欲モンスター。さっさと成仏しろ」

もはやモンスターなのか怨霊なのかよくわからない扱いだ。

寛治はそんな夏凛の悪態を気にした様子も無く机に突っ伏すと、ぼそりと呟く。

「皆で海、楽しかったなぁ」

それには僕も全面同意である。

「冬はスキーか温泉だな」

そう独り言ちる寛治の頭を涼子先輩が優しく撫でた。

「じゃあ今からお金貯めておこうね」

寛治は頭を撫でられながら、僕の方を向いて言う。

「ていうかさ、この前の海。涼子と夏凛、キスしたよな」

「したね」

「あれ超興奮しなかったか」

横から夏凛の険しい視線を感じる。しかし親友との会話に嘘をつくわけにはいかない。

「した」

夏凛が険しい表情で僕の肩を叩いた。僕は彼女に言い訳をする。

「興奮したっていうのは語弊があるな。すごく綺麗だなって思ったんだよ」

人が必死に弁解しているのに、寛治がニヤニヤと夏凛を煽る。

「ほれ。トモもこう言ってる事だし、もっかいしてみろよ」

「ば、馬鹿じゃないの！　あんなのその場の勢いでしちゃっただけだし……ねぇ涼子先輩？」

話を振られた涼子先輩はにっこりと微笑んだ。

「私は夏凜ちゃんとならいつでも良いわよ」

冗談なのか本気なのかわからない表情と声色だ。

「いやいやいやいや」

夏凜の頬が引きつる。

涼子先輩はニコニコしながら言葉を続けた。

「でも私達だけなのは不公平じゃない？　ね？　寛治君？　トモ君？」

僕と寛治の視線が合う。

寛治が照れ臭そうに口角を上げて目を瞑る。

「へへ。トモ。どうする？」

「頬を赤らめるな頬を」

そんな僕と寛治のやり取りを見て涼子先輩が手を叩いて大ウケしていた。対照的に夏凜が血相を変えて喰いついてくる。

「絶対駄目ですよ！　トモが、そ、その……か、寛治とキスなんて！」

怒り心頭で身を乗り出した夏凜に対して、涼子先輩が別案を提案した。

「じゃあさ、もし夏凜ちゃんが好きなアイドル『なんば男子(だんし)』の小橋(こはし)君とトモ君だったらどう？」

「え？　トモと小橋君？」

夏凜は目を瞑り何かを妄想していた。

数秒して、夏凜は瞼を閉じたままだらしなく口端を歪ませる。

「え、えへへ……それはそれで……」

「頬を赤らめるな頬を」

僕は夏凛を正気に戻す為に冷静にツッコミを入れた。

寛治が咳払いをする。

「と、とにかくだ。俺とトモにそういう嗜好は無い」

「あたしにだって無いわよ」

「でも俺はもう一回涼子と夏凛のキスが見たい」

「はいはい。勝手に言ってなさい」

寛治は夏凛ではなく僕に話を振る。

「なぁトモ？　見たいよな？」

「まぁそりゃあ……うん」

夏凛が僕の胸倉を掴んで軽く揺する。

「この裏切り者！」

僕は頭を振られながらも口を開く。

「さっきも言ったけど、本当にすごく綺麗だったんだよ」

可愛い、ではなく綺麗と褒められるのは夏凛の琴線に触れるらしく険しい表情が和らぐ、そして拗ねたような上目使いで僕を見つめてくる。

「トモはあたしが他の人とキスしても気にしないの」

「そりゃ男とされたらすごい嫌だよ。女の子相手でも嫌かな……」

「本当？」

「うん。でも不思議と涼子先輩とならまぁいっかって思っちゃうんだよな」

夏凛は唇を突き出して、不満そうにしている。

「……あたしは、トモが誰であろうと他の人とキスしてたら嫌だからね」

「わかってる」

「絶対？」

「うん」

二人で指切りをする。

そしてそんな僕らを寛治が茶化す。

「おいおい。人の部屋でイチャついてんじゃねーぞ」

そして寛治は立ち上がり拳を振り上げる。

「俺は、涼子と夏凛のキスが見てーんだ！」

大声を張り上げる寛治とは裏腹に夏凛は声を潜めた。

「なんとかしてよあいつ」

「まぁまぁ。なにかの罰ゲームだと思って」

「むー」

夏凛が愛らしい表情で尋ねる。

「本当にそんなの見たいの？」

「無理強いはしないけど……でもすごく綺麗だと思ったのは本当に本当だよ」

夏凛は視線を逸らして何かを考え込んでいた。そして突然立ち上がったと思ったら僕の手を引いて部屋を出て行こうとする。

僕らの背中に寛治が声を掛けた。

「おいおい。どこに行くんだよ」

「廊下」

その言葉通り、部屋のドアを閉じると僕と夏凛は廊下で向き合う。

そして特に言葉を交わす事なく、僕達は軽くキスをした。

夏凛がそうしたいんだろうなと思ったし、僕もそうしたいと思った。そんなお互いの気持ちを僕達は理解し合っていた。

唇が離れると、夏凛が小さな声で囁く。

「だめ。もう一回」

静かな廊下にちゅ、と慎ましい音が鳴る。

そして少しばかりの逡巡の後、夏凛が部屋に戻った。

寛治がニヤニヤしている。

「イチャつくのは終わったか」

夏凛はそんな言葉を無視した。代わりに両手を広げる涼子先輩の近くに座る。

「おいで。夏凛ちゃん」

まるで妹を呼ぶかのような気さくな口調だ。

夏凛と涼子先輩は視線を合わせると、一瞬気恥ずかしそうに笑う。そして案外と言うべきか速やかに顔を寄せて互いの唇を重ねた。

途端に僕の胸がきゅんと疼く。

この鼓動は嫉妬ではなく、興奮でもない。

まるで子猫同士がじゃれついているのを目にした時のような、心がただただ可憐さに魅了されて気持ちが浮ついているのだ。

夏凛と涼子先輩はくすぐったそうにクスクスと笑っている。

一度してしまえばどうとでもよくなるのか、涼子先輩が主導しつつも二人はちゅっちゅとキスを続けていた。

当然そこに性欲は皆無で、ただただ二人の友愛の距離を示しているようだった。

二人が唇を軽く押し付け合う度に、あくまで百合ではなくコスモスの花が周囲に咲き誇るような幻覚に捉われる。何ならかぐわしい芳香も嗅ぎ取ってしまいそうだ。

「これで良いの？」

涼子先輩が寛治に尋ねる。

寛治は僕と同じようにぼうっと二人のキスを見届けていたかと思えば、軽く地団駄を踏み二人に駆け寄った。

「俺も仲間に入れてくれっ！」

そんな寛治の脛を夏凛が素早く足裏で蹴飛ばす。

「ぐぁっ！」

転倒し脚を押さえてうずくまる寛治。

そして夏凛はすっと身を翻すと、まるで子どものように僕の胸板に飛び込んできた。

冗談っぽく拗ねたような表情で僕を見上げる。

僕は彼女の頭を撫でながら言った。

「やっぱりすごく素敵だったよ」

「ふぅん……」

彼女は満更でもないような様子で額を僕の胸に押し付けてくる。そして呟いた。

「……涼子先輩とキスするのは別に嫌じゃないけど……」

「けど？」

「……やっぱりトモとするのが唯一無二でドキドキするし、すごく幸せになる」

「僕も一緒だよ」

そう言って夏凛の背中を軽く抱きしめた。

涼子先輩はそんな僕らをニコニコと見つめ、相変わらず脚を押さえて倒れていた寛治の頭を看病するように撫でてあげていた。

エピローグ

最近はセミの鳴き声も少し静かになってきた。とはいえその西日の陽射しはまだまだ厳しい。

僕達四人は図書館からの帰途、習慣となったコンビニに寄ってのアイスの買い食いをしながら歩いていた。勉強する時はいつも涼子先輩の家に集まるのだが、最近は本腰を入れたい時は図書館を利用している。涼子先輩の家だとついつい遊びたくなるからだ。

「あ〜、また海行きてぇなぁ」

寛治がアイスを齧りながら気怠そうに呟く。

「今頃クラゲだらけだよ。きっと」

麦わら帽子を被った涼子先輩がさらりと言うと、寛治はがっくりと肩を落としていた。

「来年があるよ」

その次も。またその次だってある。

僕の言葉に寛治は背筋を伸ばした。

「そうだな。俺達の戦いは始まったばかりだよな」

「なにと戦ってんのよ」

夏凜がアイスよりも冷たい口調で突っ込む。

朱色に染まる帰り道は、いつもと何も変わらない日常だった。

三叉路で寛治達と別れる。

寛治と涼子先輩が僕と夏凛に向かって手を振る。

「また明日なー」

「じゃーねー」

僕と夏凛はそれに手を振り返すと、離れていく二人の背中をしばらく見届けていた。すると寛治が振り返って言葉を付け足す。

「また疑似浮気ごっこやろうなー！」

「大声でやめろ！」

夏凛が条件反射で寛治を咎めた。

疑似浮気ごっことは、ついこの前新しく試みた『遊び』だ。寛治はいたく気に入ったらしい。

二人の背中がオレンジ色の街並みに溶けていくと、僕らも別の方向に歩き出す。

どちらからともなく手を繋いだ。二人とも少し手汗が滲(にじ)んでいたが不快ではない。

僕ら四人でセックスを見せ合っている仲なのに、二人で手を繋いで街中を歩くのは恥ずかしいという不思議な緊張感は以前のままだ。

特に会話は無い。とはいえ気まずくもない。夏凛と静かに家に帰る時間は好きだ。きっと夏凛も同じ気持ちだろう。でも夏凛の声が聞きたいから、なんとなく質問をぶつける。

「最近大人になりたいって言わなくなったね」

「んー……」

夏凛は少し考え込むと言った。

「……もう少し、子どものままでいいかな」

そうはにかむ彼女の横顔は、どこかに幼さを置いてきたような表情で僕の胸をドキっとさせた。そんな彼女を手放さないように、握った手に少し力を込め直した。

「どうしたの？」

「夏凛がどこかへ行っちゃいそうな気がして」

夏凛が屈託の無い笑顔を浮かべる。

「なにそれ。どこにも行かないよ」

彼女は冗談っぽく肩を僕にぶつけてくると、静かに言った。

「ずっとトモと一緒だよ」

まだ門限までは時間はあったけれど、いつもの公園には向かわなかった。もう僕達にはこの街を見下ろす必要が無くなったような気がするのだ。

もうじき夏が終わる。

それでも空はまだ高かった。

手を伸ばしても入道雲には届きそうもないけれど、僕の手には夏凛の温もりがある。

それで僕は十分幸せだった。

了

おまけその一　疑似浮気ごっこ〜トモ＆涼子編〜

この話は少し時間が遡る。

僕達が四人で海に遊びに行って、ラブホテルに泊まって帰ってきてから一週間後くらいの話。


「疑似浮気ごっこをしよう」

涼子先輩の部屋での勉強会の一休み中のことだった。

突拍子も無いことを言い出すのは寛治の得意技である。

夏凛はもう反応するのも面倒くさいといった表情だったので、僕か涼子先輩が言葉を返す必要があった。

涼子先輩はアイスコーヒーをストローで啜っていたので、自然とその役割は僕に任される。

「なにそれ」

「それぞれがパートナーを交換してデートして、何をしたかは秘密にする遊びだ。どうだ。想像しただけでドキドキして恋人への愛情がより深まるだろう？」

寛治はふんぞり返ってそう言った。

「エナジードリンクをがぶ飲みしてたらいいんじゃないの」

夏凛が冷房の風よりも冷たい口調でそう言う。

「物理的な動悸を味わいたいわけじゃねーんだよ。俺は嫉妬したいの。寝取られるんじゃないかという危機感を味わいたいんだよ」

「勝手に嫉妬してたらいいじゃない。涼子先輩なんてモテるんだから嫉妬し放題でしょ」

「はんっ。わかってねーな。こう見えて涼子は俺にぞっこんだからつけ入る隙が無いんだよ」

「そうなんですか？」

夏凛の疑わしそうな視線に涼子先輩は照れ臭そうに微笑む。

「まぁ、ぞっこんなのは反論の余地がないかな」

「……信じられない。涼子先輩がこんな馬鹿に……」

夏凛の嫌味にも動じる事なく、寛治は握り拳を振り上げて演説を続ける。

「でも実際に浮気されたら超嫌じゃん？　正直立ち直れなくなるじゃん？　そこで俺達のいつもの遊びが役に立つって寸法よ。なぁトモ」

「え、僕？」

「お前しか適任はいない」

夏凛が口を挟む。

「それよりもその難儀な性癖をどうにかした方がいいんじゃないの？」

「お前も少しは理解できるだろ。こんだけスワッピングしてるんだから」

「……うーん。わかるようなわからないような」

寛治の主張に夏凛は言葉を濁していた。確かに夏凛が寛治に抱かれる背徳感は僕も理解はしている。

その後も寛治と夏凛がギャーギャーと売り言葉に買い言葉を交わしていたが、なんだかんだで押しの強い寛治の提案が通る事になる。

そしてよくわからない内に僕と涼子先輩が昼下がりのショッピングモールにお出かけする事になった。

「ごめんねー。いつも強引で」

アーケードの下をぶらぶらと散策しながら涼子先輩が僕を労うように微笑む。

「気にしなくていいですよ。寛治のそういうところが気に入っているんで」

「あら。そうなんだ」

「ああいう行動力は僕にありませんからね。少し憧れます」

「友人も恋人も、自分には無いものを求めるのかもね」

そこでふと僕は、涼子先輩は寛治のどこが好きなのだろうか気になったが口には出さなかった。その代わりにあるものが目に留まる。

「あ、これ可愛い」

雑貨屋の店頭に並べられていたのは招き猫の形をしたアロマ容器。猫もアロマも好きな夏凛が好みそうな一品だ。値段もお手頃である。

「すいません。これ夏凛に買っていってもいいですか?」

「え〜。一応私と浮気中なのに？　って嘘嘘。夏凛ちゃんを宥める為にプレゼントしてあげて」

僕が会計を済ませて店を出ると、涼子先輩は空を仰いで何か考え事をしていた。そして独り言ちる。

「うーん。私も寛治君にプレゼントを持って帰るか」

「ああ、いいですね」

「そうよね」

ニッコリと笑顔を浮かべた涼子先輩は、突然僕の手を握るとずんずんと前を歩いて行った。急な事で僕は何も言えなかったし、有無を言わさない雰囲気がその背中には張り付いていた。

それから十数分歩く。

「あ、あのぉ……涼子先輩。ここにはお土産は売ってないと思うんですが……」

「あら。お土産っていうのは物だけじゃないわ。思い出話とかもそうでしょ？」

目の前にはラブホテルの入口。

「寛治君にたっぷりと詳細を報告してあげるんだから。トモ君とのエッチを。それが嬉しいんでしょ？　彼の性癖的には」

「まぁ、そうかもしれませんが」

「そうと決まればレッツゴー」

押しが強いのは相方の方も似ていた。

あっという間に部屋まで行くと、お互いに服を脱いで一緒にシャワーを浴びてベッドに寝転んだ。

「……涼子先輩、もしかして怒ってます？」

僕は涼子先輩の左胸を揉みながら、右胸の乳首を口に含みつつそう尋ねた。

「別にぃ」

そう簡素に答えた後、僕の愛撫に身をくねらす。

「んっ、くぅ……」

そして淡々と想いを語った。

「前も話したけど寛治君がこういうプレイをしたいっていうのは二人で長い間話し合ってた事だしさ。いまさら怒ったりしないよ。でも……どうせなら思いっきり嫉妬してもらおうかなって思っただけ」

「なるほど」

「は〜、それにしても本当トモ君達っていう絶好の友人がいて良かったよ。これ以上ないパートナーだからね」

「僕なりに役目を果たさせてもらいます」

そう言うと僕は顔の位置を下ろしていき、涼子先輩の無毛の股間に顔を埋めた。クリトリスを舐める。

「あっ、ん…………トモ君も、最初の頃に比べたらすごく慣れてきたよね」

「そうですか？」

「うん。大人っぽくなった」

僕は先程購入した夏凛へのお土産が気に入ってもらえるかどうかを気にしながら、涼子先輩へのクンニを続ける。

「はぅっ、あっ……はぁ、はぁ……んんっ、あんっ……」

陰唇がくぱぁと開き、ピンク色の膣口がねっとりと濡れてきていた。先輩がか細い声で言う。

「……攻守交替しようか」

僕がベッドの縁に腰掛けると、涼子先輩は床に膝をついて僕の股間に顔を埋めてきた。

唾液を塗りたくるように勃起した陰茎を舐め回しながら、涼子先輩は僕を見上げフランクな口調で尋ねる。

「夏凛ちゃんもフェラチオしてきてくれるようになった？」

「おかげさまで」

誇張でもなんでもなく、僕と夏凛のセックスに変化が訪れたのはこの遊びのおかげだろう。

「でもまだ恥ずかしいのか、それとも自信が無いのかすごく控えめですけど」

涼子先輩は舌を男性器に巻きつけながら朗らかに笑う。

「あはは。初々しくていいじゃない」

そして彼女は僕の肉棒を咥えた。

口内の温もりに包まれるこの瞬間の快楽だけは未だに慣れない。思わず肩が強張る。

「うっ……」

涼子先輩は両手を僕の膝に置き、口だけで陰茎を扱く。

くちゅ、くちゅ、くちゅ。

こんな事を比べたらいけないのだが、やはり夏凛のそれとは年季が違う。熟練の技である。絡みつく舌。当たらない歯。スムーズな首のピストン。下腹部を中心に僕が溶けていく。

僕は思わず涼子先輩の頭を撫でると、自分でも信じられない言葉を発していた。

「……先輩……したいです」

涼子先輩は口を離すと、ふふ、と年上のお姉さんらしく微笑む。

「いいよ。エッチしよっか」

そう言って先輩が立ち上がり、ベッド脇に用意されたコンドームへと手を伸ばそうとした。しかし彼女はその手を止め、数秒何かを考え込む。そして僕に対して悪戯っぽい笑みを浮かべて言った。

「浮気ごっこなんだしさ、二人だけの秘密を作っちゃおうか」

その言葉の意味が、僕にはわからない。

ベッドに腰掛けた僕が涼子先輩の動向を探っていると、なんと彼女は一度手にしたコンドームを手放した。

そして陰茎の根本を支えて直立させると、亀頭を陰唇に狙いをつけてそのまま腰を下ろそうとする。つまり背面座位で生挿入しようとするのだ。

「あ、あの、先輩……コンドームは？」

「生エッチしたことある？」

「無い、です」

「じゃあ私で練習しておこっか」

そう言うと涼子先輩は少しずつ腰を下ろしていく。

何も装着していない僕の男性器が、徐々に陰唇を掻き分けて呑み込まれていく。僕は固唾を飲んでその様子を見届ける事しかできない。

生の性器同士が繋がり合っていく。

その淫靡（いんび）さは言葉では表現できない、本能に訴えかける神秘的なまでの性的興奮をもたらせた。

唾液と愛液で十分に濡れたお互いの性器が、にゅる、にゅる、と滑るように結合していく。僕の背中のゾクゾクは、未知の行為による武者震いだろう。

やがて涼子先輩の桃尻が完全に僕の下腹部に着地する。僕の勃起した男性器が彼女の肉壺に完全に収まった瞬間である。

「どう？」

涼子先輩が首だけで振り返り問いかけてくる。

「あ、熱いです……先輩の中が、すごく熱い」

直接触れ合う事によって得られる体温はコンドームが介在していたそれとは比較にならない。男性器だけ熱めのお湯に浸したかのような快感に全身がじんわりと汗ばんでいく。

「トモ君もすっごく熱いね。火傷しちゃいそう」

さらに特筆すべきはその触感である。コンドーム越しにも判然としていた涼子先輩の肉壺が持つ細かい隆起やうねりが直接陰茎に絡みついてくるのは、もはや摩擦を必要ともせずに僕の頭を真っ白にさせた。

ざらざらとした膣壁。それらがうねうねと絡みついてくる。まだピストンも始めていないのに僕は深呼吸をして落ち着きを取り戻そうと必死だった。

そんな僕に涼子先輩は穏やかに話し掛ける。

「おちんちんの形、くっきりとわかるよ。エラが張って、すごくガチガチだね」

その飾り気の無い、かつ優しい物言いが逆に官能的で僕の陰茎をさらに硬くさせる。男性器が筋肉の塊であることを思い知らせるように、びきびきと音を軋ませて硬度を増していく。

「んっ……まだ大きく、硬くなってる……」

涼子先輩が吐息交じりにそう言う。きっと今の僕の陰茎は、血管が青筋を立てて怒張していることだろう。

「動いても大丈夫そう?」

あくまで優しく問いかけてくる。

「じ、自分のペースで動いてもいいですか?」

「うん。いいよ」

そして涼子先輩は付け加える。

「私の生おまんこで、おちんちんいっぱい気持ち良くなってね」

この人は自然体でどこまで男を欲情させるのだろうか。

ああは言ったもののろくに腰を動かせない。ちょっとした摩擦で射精欲が湧き起こりそうなのは火を見るよりも明らかだった。

「ほら、手が空いてるよ。おっぱい触らなくてもいいの？」

「……失礼します」

僕は両手で彼女の豊満な乳房を後ろから鷲掴みにした。生挿入によって鼻息が荒くなっていた僕は、乳肉を揉みしだく指も力強くなっている。

むぎゅう、と指を食い込ませる。弾力に優れた豊乳がぐにゃりと変形した。

「んっ……」

「すみません。痛かったですか？」

「ううん。全然。ただトモ君も生でおちんちん入れて興奮するなんて、男の子なんだなって」

どうにも手の平の上で遊ばれているような感じがする。

それにしても全身で涼子先輩と直接触れ合っていると発汗がすごい。生で胸を触り、生で性器という粘膜を押し付け合っている。そこで気づくが汗ばんでいるのは僕だけではない。密着している彼女の背中やお尻がしっとりと湿りけを帯びていた。

「どうしたの？　動かないと練習にならないよ？」

そう促され、僕はおそるおそる腰を上下させた。

「んっ、んっ……あんっ♡　やっぱり生エッチだと全然違うね……おちんちんがすごくエッチ……」

エッチなのは彼女の全てであると反論したかった。やはりちょっとした摩擦で陰茎が悶える。

ぎゅうぎゅうに肉密度が高い数の子天井の膣壁が、直に絡みついてくる。僕の男性器が緊急事態を脳に知

らせてきた。

三擦り半。

そんな言葉が頭をよぎる。

しかしこの名器を相手に生挿入を果たしての暴発は、誰も僕を責める事はできないだろう。とはいえ親友の恋人に膣内射精などできるはずもない。妊娠でもしてしまったら疑似でもなんでもなくなる。

そんな僕の懸念を見透かしたように涼子先輩が言う。

「赤ちゃんできちゃわないか心配？」

「……当たり前じゃないですか」

「そんなトモ君に朗報。私ピル飲んでるから大丈夫だよ」

いっきに肩の荷が下りる。いや妊娠の可能性が限りなくゼロだからといって、膣の中で射精してもいいのだろうか。そんな疑問が浮かぶ。

考えてばかりの僕。それもそのはず。迂闊に動けばあっという間に射精へと導かれることだろう。しかし涼子先輩はしびれを切らしてしまう。

「トモ君が動かないなら私から動いちゃおうかな」

そう言うと、腰をゆったりとではあるが前後させる。

「うっ！」

途端にむぎゅむぎゅと四方八方から陰茎を圧し潰そうとする生の肉壁に襲われる。

「んっ、んっ♡　どう？　気持ちいい？」

「は、はひ……」

駄目だ。思っていた以上に気持ちがいい。身体中の細胞が射精したいと叫び出した。僕は歯を食いしばりその声を何とか押さえつける。

何か……何かで気を逸らさないと……。

朦朧（もうろう）とする意識の中で僕は会話という手段を選んだ。

「か、寛治と先輩って……どういう経緯で付き合ったんでしたっけ？」

苦肉の策にも程がある。しかし効果はそれなりにあった。涼子先輩は穏やかなグラインドを維持しながらも、僕の問答に付き合ってくれた。

「え〜、なんだっけかな〜」

涼子先輩は気恥ずかしそうに寛治との馴れ初めを語りつつ、腰も前後させている。僕は彼女が動く度に絡みついてくる生膣がもたらす多幸感と必死に争っていた。

「もともと寛治君の事は知ってたんだ。ほら、彼って学校でも有名な運動部員だったじゃない？　よく表彰とかされてたし」

「う、うす」

「初めて喋ったのは春ぐらいだったかな。学校が休みの日に天気が良かったから、近所の公園に読書をしに行ったの。そしたら寛治君がランニングしているところを偶々見かけたんだ。それからなんとなく顔見知りになって……」

ぎゅ、ぎゅ。涼子先輩が話している間も生の膣壺は容赦無く僕の陰茎を極上の感触で包み込む。

「か、寛治から告白されたんでしたっけ？」

「まぁ結果的にはそうかな」

涼子先輩は照れ臭そうにそう言った。

「結果的にと言うと?」

僕が問い質すと彼女は数秒逡巡して答える。

「……好きになったのは多分私の方が先だから」

恋バナをしている時の涼子先輩は胎内まで乙女だった。きゅんきゅんと喜ぶように男性を抱擁してくる。その快楽によって僕の尿道はもう精液でぱんぱんだ。

振る話題を間違えた。

そう思いながらもいきなり好きな寿司ネタの話に急ハンドルは取れない。もういけるところまでいくしかない。

僕が生の女性器を相手に圧倒的劣勢を強いられて奥歯を噛み締めている間も、涼子先輩は話を続ける。

「ベンチで座って読書をする振りをしながら、ずっと寛治君の横顔を見てた。あの頃の私も青臭かったなぁ。何度か手紙を渡そうとして、勇気が出なかったり」

しみじみとそう言う。涼子先輩も少し息が上がっていた。僕達の生セックスはいつにも増して、雑談も交えたスポーツめいた雰囲気を醸し出す。まるで並んでルームランナーを走っているかのようだ。

それにしても正直その話は寝耳に水だった。彼女の印象からは程遠い気弱さだ。

「先輩ならもっとスパっと告白しそうですけどね」

「普段ならそうかもね。でもどういうわけか寛治君が相手だとどうしても気後れしちゃった。なんでだろう」

「そうこうしている内に向こうからしてきたと」

「そう。真っすぐ私の目を見て『付き合って欲しい』って……ズキューンって撃ち抜かれたよね。正直。めちゃくちゃ嬉しいのに素直になれなくて『……別にいいけど』なんて返事しちゃったりしてさ。あー、本当に格好悪いな過去の私」

「その話、寛治にしてあげていいですか？」

「あはは。絶対駄目」

ぎゅう、とことさらに肉壺が僕を締め付ける。あまりの至福に僕は無意識に涎を零していた。そんな僕をよそに涼子先輩は少し寂しそうに呟く。

「あれから三年経ったけど、私はこれっぽっちも想いは色褪せてないんだけどな」

その言葉の裏を読み解く。

何も変わらず寛治に恋慕を抱く涼子先輩。しかし寛治は新鮮な刺激を求めてスワッピングを始めた。

「……やっぱり先輩はスワッピングに反対だったんじゃないですか？」

涼子先輩の返事は少し遅れた。

「どうだろうね。前も話した通り、相手が夏凛ちゃんやトモ君なら別にいいかなって思ったよ。セックスを通じてもっと仲良くなれると思ったし。でも……うん。そうかもね。もしかしたら私に飽きたのかなっていう不安はあった。ちゃんと話し合って、そういうわけじゃないって誤解は解けたけどね」

そう言い切った後に、彼女は言葉を付け加えた。

「でもさ、ごっことはいえ浮気してこいは酷くない？　だからちょっと意地悪したくなったの」

「……だから生でしちゃったと」

「それにさ……」

涼子先輩は一拍置くと言葉を続ける。

「寛治君は『こういう事をされるのが好き』なんでしょ？　寝取られっていうんだっけ？　難儀な性癖だと思うけど、カノジョとしては協力してあげないとね」

僕は快感で頭の中に火花が散る中、なんとか軽口を叩く。

「なんだ。僕のことを特別視してくれたわけじゃないんですね」

「特別は特別だよ。トモ君や夏凛ちゃんも唯一無二の親友。セックスもするくらいの友人」

涼子先輩は僕に背中を預けると言葉を続けた。

「さてさて。そろそろ戻らないと流石に二人も心配するかな」

僕は壁時計を見る。

「そうですね」

「うん。じゃあガチガチのパンパンに張り詰めたおちんちん、そろそろ楽にさせてあげよっか？」

「そう、ですね」

「あれ。なんだか気乗りじゃない？」

「いや、あのぉ……言いづらいんですけど……」

「可愛い後輩でもあり、疑似とはいえ浮気の相手なんだから何でも相談に乗るよ」

「あんまりに生セックスが気持ち良すぎて射精してしまうのが勿体ないというか」

「なるほどなるほど。ちなみに夏凛ちゃんとは？」

「結婚するまでゴム無しではしないって決めてます。それが夏凛の恋人としての当然の責任かなって」

「愛だねぇ。じゃあこれからは機会があればまた私が生でさせてあげるから、勿体ぶらずに生のおまんこでびゅーびゅーって射精しちゃっていいよ」

「それはもちろん友人としてですよね」

「もちろん。または疑似浮気の相手として」

「わかりました……じゃあもう、我慢できないので……」

「うん。おいで」

握りしめていた乳房をより強く揉みしだく。

僕の理性という檻の中で閉じ込められていた野生が咆哮する。

この人を犯したい。

この法悦の極みを与えてくれる生の性器を、暴発寸前の肉槍でメチャクチャに突き上げたい。

僕は彼を檻から解き放った。

「あっ、あっ、あっ、あっ、あっ♡　トモ君っ、急に激しっ♡」

ズンズンズンと激しく涼子先輩を上下に揺らす。

「あっいっ♡　いいっ、いいっ♡　生ちんちん、気持ち良すぎっ♡」

僕は豊乳に指を沈め込みながら早口で問う。

「女の人も、生だと気持ちいんですか?」

「すごく、いいっ♡　生交尾、すごくエッチ♡　あぁっ♡　いっいっいっ♡」

「……先輩、僕もう」

後先考えずにピストンしたので、射精欲は瞬時に沸騰した。

「いいよっ♡　いつでも来て♡　ゴムつけてないおちんちんで、おまんこにビュルビュル射精して♡」

「先輩っ！」

僕は全身で涼子先輩に抱き着き、そして射精直前で膨張しきった陰茎で生膣を貫く。

「あぁっ、おちんちん、パンパン♡　きもちっ♡　私もイクっ、イクっ♡　あああっ♡」

亀頭と子宮が深いキスをする。肉槍の穂先が子宮口を押し広げた。

この空間に射精したい。種付けしたい。

雄としての本能が吠え立てる。

「ううっ、出る……っ！」

そんな中でも頭の中に夏凛の顔を思い浮かべた。

びゅるっ、びゅるるるるるるっ！

人生で最も濃厚な精液を、勢い良く多量に放った。

「あっ、来た♡　トモ君のザーメン、すごく熱い……♡」

根本まで刺さった陰茎により、奥深くで種付けされた涼子先輩は肩と背中を震わせた。

「……っクゥ♡♡♡」

彼女は僕の精液で達していた。

僕らは二人とも呼吸を荒らげながら、生で繋がりお互いの絶頂を共有する。

男性器はビクビクと吐精を続け、女性器はねだるように絡みついては搾り取ってくる。

目の前には涼子先輩の後頭部。シャンプーのいい匂い、さらに汗と共に強烈なフェロモンが鼻腔をついた。

そんな涼子先輩が呼吸を整わせながら優しく言う。

「満足いくまで子作りセックスの練習していいからね」

その言葉を受けて、僕の陰茎はびゅっ、びゅっ、と子宮を満タンにさせるべく射精を続ける。

「……ご指導ありがとうございます」

その後数分間僕らは肌を重ね続けた。

そして僕と涼子先輩の初めての浮気ごっこは幕を閉じたのである。

おまけその二　疑似浮気ごっこ～夏凛&寛治編～

やる事もないので覚えた英単語の復習をしている。四人の中で進路が決まっていないのはあたしだけなので、今の内から幅広く勉強しておいた方がいいだろう。最悪何も思いつかなければ、恋人であるトモと同じ大学に行きたいと思っている。

「おかしい……帰ってくるのが遅い」

人が勉強に集中しているのに、ノイローゼに罹ったゴリラのように部屋をうろうろと歩き回っている男が一人。

「寛治。鬱陶しいんだけど」

「これが落ち着いてられるか。今頃涼子が浮気してるかもしれないんだぞ」

「あんたが提案したんでしょうが！　あたしのトモまで巻き込んで！」

思わずテーブルを手で叩く。

寛治はベッドに腰掛けると両手で顔を覆い、深いため息をついた。

「はぁ……すごくモヤモヤする」

「浮気ごっこだなんて馬鹿な事言い出さなきゃ良かったのに」

「……でもすごく興奮する」

「頭おかしいんじゃない？」

こいつとは親同士が仲良しなものだから、赤ん坊の頃から並べて育てられた。それでも未だに理解できない奇行は数多い。

最近始めたスワッピングはその最たるものだ。結果的にはあたしとトモの仲はより深まったような気がするし、個人的な成長にも繋がったかもしれない。

それでもやっぱり普通の発想ではない。馬鹿と天才は紙一重とよく言うが、寛治は間違いなく馬鹿の方だろう。

それでもなんとなくいつもこいつの提案に皆が引っ張られて引っ掻き回されるのは、一種のリーダーシップというかカリスマ性でもあるのかもしれない。

そういえば昔からこいつの周りには人が集まっていた。寛治を中心に友達が右往左往する。幼い頃はその中にあたしもいた。

中学からは意図的に距離を取るようにしていたのだが、寛治の恋人があたしの憧れている先輩だったのをきっかけにまた喋るようになった。

そして決定的なのはトモとの出会いだ。よりによってあの寛治の親友を好きになってしまったのは複雑だったが、今となって思えば運が良かったのだろう。涼子先輩と寛治の助言が無ければ、この恋はきっと実っていなかったように思える。

「案外どっしりと構えてんじゃん」

「あたしはトモを信じてるし」

我ながら剣呑とした口調で即答してやる。

もちろん不安が無いわけではなかった。あんな魅力的な涼子先輩と疑似だろうが浮気をしてきて良いと言われて、何もしない男子など果たしているのだろうか。

「俺だって涼子を信じてるよ。信じてるけどさぁ……」

寛治は目を瞑ると天井を仰いだ。

「何事も無かったかのように帰ってくる二人。しかし床に座った涼子の下着には漏れてきた精液で染みができて……なんてシーンが浮かんで仕方がねえ」

「変な漫画か小説の読みすぎなのよ」

寛治は再びため息をつく。

「はぁ……俺って馬鹿なのかな」

「間違いなく馬鹿だから自信持っていいわよ」

「いつも後先考えずに行動しちゃうんだよな」

「昔から変わらないわね」

寛治があたしの顔をじっと見つめる。

「お前も変わんねーよ」

「……あたしは変わったわよ。色々とね」

そう。色々と成長したのだ。特に男を見る目。

初恋の相手はそりゃあ酷い男の子だった。その後トモと出会うまでしばらく恋愛から遠ざかる程にあたしの乙女心は傷ついた。それに引き替えトモはなんとよくできた彼氏だろうか。優しい横顔。深い包容力。そのすべてが大好きで堪らない。

涼子先輩と肌を重ねた事で、トモの大人びた一面がより顕著になった気がする。そして私も寛治と遊びとはいえ性交した事でふっきれた一面もある。

認めるのは悔しいが、スワッピングは確かに学校という狭い社会の中で生きるあたしの背中を押し上げてくれた。ような気がする。多分。

「あ～心がざわついてきた。落ち着くコツを教えてくれよ」

「……本当に落ち着いていられるわけないでしょ」

内心ではもちろんそわそわしている。手持ち無沙汰で勉強をしているが、全く集中できていない。

それでも正気を保っていられるのは、涼子先輩と二人で話した時に聞いた彼女の言葉が胸の中で生きているからだ。

「涼子先輩が言ってた。『気持ちの入っていないセックスなんてただの余興だよ』って」

「へぇ。お前はそれで納得したんだ」

「納得っていうか身を以って理解したというか。そんな感じ」

好きな人以外から得られる性的快感のなんと虚しい事か。それは一時的な昂りであって、トモと一つになった時のような永続的な幸福感とは全く異なるものだ。

「ふーん」

寛治はあたしの言葉など興味無さそうに、また部屋の中をぐるぐると回り始めた。

鬱陶しいがもう無視する事にする。

「あーーーっ！　くそっ！　落ち着かねーぜ！」

寛治は涼子先輩の事を想いながら、自ら両手で頭をわしゃわしゃと掻き乱した。

「自業自得」

あたしが端的に切って捨てると、寛治はぼさぼさになった髪型であたしを見下ろす。

「よし！　俺達もセックスするか」

「は？　しないわよ。ていうか『も』ってなによ。向こうがしてるかどうかわからないじゃない」

「いーや。してるね」

「なんでそう言い切れるのよ」

「涼子はサービス精神旺盛だからだ。俺の望んでいる事を理解してそれを実行してくれる。最高の女だ」

「なにそのよくわからない信頼感」

「というわけで俺達もヤルぞ。服を脱げ」

「嫌よ。一人でオナニーでもしてれば？　見ない振りしててあげるから」

「お前な、一応女子なんだからオナニーとか言うな」

「トモの前じゃ言わないわよ」

「この猫被り野郎が」

「野郎ってなによ野郎って！　大体あんたね、人の事をお前お前って何様のつもりなわけ!?」

ああ。駄目だ。こんな風に口喧嘩をしていると、いつの間にか寛治のペースに乗せられてしまうのだ。昔からその癖を直したいのに上手くいかない。

その後も喧嘩腰に言いたい事を言い合って、それでどういう流れなのかわからない内にベッドの上で二人とも裸になってしまっていた。

「あっ、あっ、あっ、あっ、あっ♡」

舐められたり舐めたりした後、正常位で挿入される。

悔しいがこいつの経験豊富な腰遣いはあたしをあっという間にトロトロにさせた。

「あっ、いぃっ♡　そこっ♡」

気持ちいいところを的確に攻めてくる。

「いっ、いっ、イクイクっ♡」

その巨根は威圧的なまでのフォルムを有しているくせに、結構ピストンは繊細だったりするのだ。

「んっ………っクゥ♡」

ビクビクと全身が震える。

寛治はまだまだ本気を出していない事が表情からも伺えた。

不完全燃焼といった様子であたしの痙攣が収まるのを待つ。

「締め付けだけは一人前だな」

「……うるさいわね」

「そんなんでトモを満足させてやれてるのか？」

それは別に意地悪で放たれた言葉ではない事が判る。純然たる友人としての声なのだろう。それでも余計なお世話には違いない。

「放っておいてよ。トモとあんたのエッチは全然違うんだから」

これは負け惜しみでもなんでもない。

トモ以外の男で絶頂させられても、心は砂漠のようにカラカラだ。

でもトモとのエッチでは、海のど真ん中で浮遊しているような満足感を与えて貰える。

「ほら、休憩が済んだら次いくぞ」

「……自分がイってないからって急かす男ってサイッテー」

「む」

寛治は痛いところを突かれたのか、あたしの息が整うのを待つことにしたようだ。

それにしても暑い。

空調は効いているはずなのに汗が噴き出る。

思わずあの頃の夏を思い出してしまった。

麦わら帽子をかぶって、麦茶の入った水筒を肩にかけて、朝早くからカブトムシを探しに行っていた夏。

男とか女とか、同性とか異性なんてこれっぽっちも意識していなかった記憶も朧げな幼い夏。

当然恋愛なんて理解できるはずもない。

それでもあたしは薄っぺらくも淡い憧れを当時の寛治に抱いていた。

いつも皆の中心で、元気で明るい男の子。

そんなパステル色の思い出でも初恋と認めざるを得ないだろう。

いわゆる黒歴史というやつだ。

よりによってその初恋の記憶は毛虫を投げつけられて泣いたり、蛇を掴んで振り回しながら追い掛け回されて泣いたりなど散々なものしかない。

おかげであたしは恋愛アレルギーとなって思春期を迎える。

そんなあたしを救ってくれたのはトモだった。

皮肉な事にその恋愛を支えてくれたのが寛治というのもなんとも複雑である。

あたしがスワッピングを了承した理由の一つは、そんな黒歴史との決別を図りたかったからでもある。

もう寛治の事など何も思っていない。

寛治に抱かれようが、ときめく心など持ち合わせていない。

それをちゃんと確認したかったのだ。

そしてそれは無事に実証された。

最悪の初恋相手とのセックスはただの肉体的高揚しか与えられず、心は常にトモからこれっぽっちも動く事はなかった。

あたしは多少ながらも、大人になれたのだ。

誰にも教えていないこの秘めた記憶。

もうこのまま墓まで一人抱えて持っていくことになるだろう。

窓から差し込む夏の日差しはあの頃と大して変わらなかった。

思わず頬が綻んでしまう。

「なに笑ってんだよ」

「別に。しょうもない事を思い出してたの」

「そろそろ動いてもいいのか？」

「ん。いいよ」

寛治はゆっくりとピストンを再開させる。

ベッドがぎしぎしと軋んだ。

「んっ、んっ、んっ……やっ、んっ……」

ああ、本当に大きい。串刺しにされてるって感じ。

最初挿れられた時は、トモので感じられなくなったらどうしてくれるのって本気でムカついた。杞憂だったけど。

息は整ったがまだ汗は引いてないし、なにより絶頂の余韻はまだじんわりと痺れとして残っていた。寛治の腰遣いは腹が立つ程にスムーズでスマートだ。

「あっ、あっ、あっ♡　そこっ、好きっ♡」

まぁトモのぎこちなくも一生懸命な感じの方が好きだけど。当然。

あっという間に身体が熱くなる。そうなると頭もぼうっとしてくる。

あたしは何の気まぐれか、顔は横を向いて視線だけを寛治だけに向けて口を開いた。

「……そういえば、ありがとう」

「あ？　なんの話だよ」

「トモに告白するとき、相談乗ってくれて」

「いまさらかよ」

「涼子先輩にはいつも言ってるけど、あんたには言った事無い気がした」

「そう言われるとそうかもしれん」

そんな会話を交わしながらも、体力バカの寛治は腰を振り続ける。

「あんっ、あんっ、あんっ♡」

腹筋とか露骨に割れてて、同じ歳の男子でもトモとは違って全身ゴツゴツしているなといつも思わされる。

別にそれが格好いいとは思わないが、こうやって正常位でしてると汗ばんだ筋肉に少しドキドキするかもしれない。多分気のせい。

「親しき仲にも礼儀ありだな。そうやってたまには素直になった方がいいぞ」

あたしが険悪な雰囲気を出すのはあんただけだし、その原因はあんたにあるんだからねと言ってやりたかった。

「あっ、んっ♡　やっ、おっきぃ♡」

「大きいの好きだろ？」

「……キモイ」

「いやマジでマジで」

あーもう。こういうデリカシーの無いところは三つ子の魂百までなんだろうな。でも押しが強いとついついそのまま押し込まれてしまう。

「……嫌いじゃないけど」

「正直になれよ」

屈託の無い無垢な笑顔を浮かべる。あたしはその顔面に枕を投げつけてやった。

「うるさい馬鹿」

「あ、そういう事言っちゃう？」

寛治は嬉しそうに冗談っぽい笑みを浮かべると、あたしの腰を両手で掴んで強くピストンする。

「あっ♡　あっ♡　あっ♡　あっ♡　すごっ♡　奥っ、ちんぽっ、刺さるっ♡」

あたしはたまらず顎を引いて、馬鹿みたいな甲高い声を上げてしまった。

ベッドの上ではどうしたって太刀打ちできないのだから、大人しくしていればいいのにと自分でも思う。しかし寛治に言われっぱなしなのは我慢がならないタチなのだ。

そんな中である。

パチン、と何かが弾ける音がした。あたしの堪忍袋の緒が切れた音かと思ったが違った。

「あ、やべ……」

寛治が気まずそうな顔をしている。

「……どうしたの？」

「ゴムが破けた」

そう言われると挿入された男性器から伝わる感触がいつもと違う。

熱い。まるで熱した鉄の棒のようだ。

「……なにやってんのよ」

あたしが呆れていると、寛治は唇を尖らせた。

「しゃーねーじゃん。いつもはこんな事起きないんだし」

「だから無駄にデカいちんこって嫌いなのよ」

「お前の膣が締め付けきつすぎるのも原因の一つだろ」

トモは結婚するまでちゃんと着けようねって誠意を見せてくれていたのに。よりによって初の生挿入がこいつとか泣きたくなる。

「早く抜いてよ」

「外に出せばいいだろ。このまま続けようぜ」

「はぁっ⁉」

「浮気ごっこなんだから秘密の一つくらい作ってもいいだろ」

「ちょっ……」

あたしが抵抗する間もなく寛治はそのままピストンを再開させた。

「あっあっ♡　こらっ、馬鹿寛治っ……うそっ、きもちっ♡」

何も装着しないままでの性器の摩擦は思った以上に脳を痺れさせた。思わず背中が反り返る。

それでもこのまま生エッチを許してはいけない。

ちゃんと拒否の意志を示さないといけない。

そう思って寛治の顔を見据えた。

「……俺もお前の生まんこ、めっちゃ気持ちいい……」

そう言葉を発した寛治の表情はどこか無垢な苦悶を携えていた。

その顔付きと、うだるような暑さが幼い頃の記憶を蘇らせる。

何かに胸を締め付けられると、あたしは無意識に口を開いていた。

「……ちゃんと外に出してよ」

そうじゃない。

「わかってるって」

ああもう。何をやっているんだろう。

しかし自問自答している余裕はない。

寛治は理性が飛んでしまったかのように獣めいた動きであたしを犯す。

「あっ、あっ、あっ、あっ、あっ♡　やっ、すごいっ♡」

生の男性器で膣を擦られるのは、予想もできない熱を生み出した。

「溶ける……おまんこ溶けちゃう……♡」

「俺もちんこ溶けそう……」

ゴム有りとは比較にならないくらいに気持ちいい。

お互いの身体だけでなく、心の境界線までドロドロになっていきそう。

「寛治……あんまり強くされると……あんっ、あんっ♡　ひっ、いぃっ♡」

寛治も息を荒らげながら答える。

「無理……お前との生セックス、腰止まんねー……」

すごく一生懸命な顔をしている。あたしに夢中になっている。ちょっとだけ胸がすいた。

だけど優越感に浸っている場合じゃない。

「生ちんぽ硬い♡　頭びりびりするっ♡」

たかが生で生殖器を擦り合わせている程度でなんて浅ましい声を上げているんだろう。自分が情けなくなる。

トモ。大好きだよ。

「なぁ夏凛。生エッチとゴムエッチ、どっちが気持ちいい?」

空気読め。しょうもない事を聞いてくるな。

「あっ、あっんっ♡　な、生エッチのが気持ちいいに決まってんでしょ！」

「生ちんぽ気持ちいい～って言って」

「……絶対言わない」

「言えって。ほら」

ガツガツとピストンが強まる。

「あっひっ、ひぃっいっ♡　いっいっ、ひっん♡」

頭の中でバチバチと火花が散って、意識を失いかけそうになる。あたしは焦燥感に駆られて口を開いた。

「な、生ちんぽ気持ちいいから、だからっ、だからっ……早くイって……頭おかしくなる……っ♡」

「ザーメン掛けてって言ってみろよ」

「や、だ……そんなの……」

「もっと激しくするぞ」

もう頭が真っ白になりかけているのに、なぜか懐かしい気持ちが湧いてくる。ガキ大将だった頃の寛治に振り回されていた自分が顔を出した。

「ザ、ザーメン掛けて……」

「もっと大きな声で」

「……勃起ちんぽからザーメンびゅるびゅるってぶっかけてっ！」

「もっとエロく！」

いい加減にしろこの野郎。

「……私のおまんこでシコりまくってザーメンでパンパンになった寛治の気持ちいい生ちんぽから、赤ちゃん汁を好きなだけ出して身体にマーキングしなさいよもう♡♡♡」

寛治の肉槍が一際ぐぐぐっと膨張した。

これでどうだと寛治を睨みつけてやる。

「あぁっ、出る……」

当の寛治は情けない顔と声でそう呟いた。勝った、と思った直後。

「あぁっ、イク♡　イク♡　おっきくて硬いちんぽでイク♡　生セックスでイっちゃう♡♡♡」

目の前が真っ白になる。背中が飛び跳ねるように反り返ったのは理解した。

そして数秒遅れて、びちゃ、びちゃ、びちゃ、と何かがあたしの顔から胸、お腹に被弾していく。

それはネットリとしていて、独特の匂いがして、そしてなにより熱かった。

「寛治のザーメン♡　すごっ♡　あっつい♡　あっはぁっ♡　またイクっ♡♡♡」

あたしはその粘液の感触、匂い、熱によって追撃のように絶頂させられてしまう。

精液で白く染められていく自分の身体がやけに艶めかしくて、あたしは痙攣が止まらない。

トモ。

ごめんなさい。

ごめんなさい。

そう繰り返しながら、あたしはまた何かを一段上ったような気がした。

おわり

あとがき

初めましての方は初めまして。そうじゃない方はまたこうしてお会い出来て光栄です。作者の懺悔です。

というわけで久しぶりの『トモハメ』は青春なスワッピングをお届けしたつもりですが如何だったでしょうか。

今作が『トモハメ』シリーズの初見だったという方は、既刊も楽しんで頂けましたら幸いです。

今作は（も？）製作過程で色々と二転三転して出来上がった難産な作品です。そもそも元のタイトルは『トモ×ハメ』というもので個人的にはすごく気に入っていたのですが、発売を目の前にして販売システム上に問題が見つかって急遽このタイトルになりました。

夜中の二十二時に電話が掛かってきて代案として『シン・トモハメ』を提案された時は、「あぁ、編集さんも寝不足なんだなぁ」とその激務に涙を誘われたのですが、意外と数分で馴染みました。うん。良いタイトルじゃないですか。

発売前に告知しているとは思いますが改めて纏めると、今作も紙書籍ではメロンブックス様で購入されるとエロ有りＳＳが付いてきます（数に限り有り）。涼子視点のお話ですね。あとはカバー袖の作者コメントや帯が付いて電子書籍より百円安いです。

電子書籍だと寛治視点の非エロ前日譚エピソードの短編が付きます。

もし続きが書ければ、やはり夏凛と寛治のあれこれに焦点を当てていきたいですね。そして葛藤を深めていくトモと、涼子の心境の変化。

再び彼らの友情模様を見たいという方は、どのような形でもお声を上げて頂けると大変励みになります。

今回も作品に対するサポートに尽力して頂いた編集Ｉ氏。そして素敵なイラストを提供して頂いたSuruga先生。そして何より読者の皆様にお礼の言葉を持って締めさせていただきます。皆さま誠にありがとうございました。それではまた別の作品でお会いしましょう。

進捗報告及び告知用ツイッター　懺悔@mahoyoba

本書は書き下ろしです。

DIVERSE NOVEL　既刊刊行情報

幼馴染みはボーイッシュな爆乳美少女!!

「トモハメ」

[著]懺悔　[イラスト]ポチョムキン

ちょいギャルの恋愛指導で親友ックス!!

「トモハメ　友情音痴でぼっちな僕が、クラスで一番人気な彼女に懐かれたワケ」

[著]懺悔　[イラスト]ポチョムキン

一撃絶頂戦友ックス!!

「トモハメ　修羅と呼ばれた喧嘩無敗のお嬢様を友情で躾ける方法」

[著]懺悔　[イラスト]ポチョムキン

親友を救う為にハメ尽くせ！

「魔法少女になってしまった君を抱いたのは、主人公にはなれなかった俺だった」

[著]懺悔　[イラスト]DAMDA

DN-016

シン・トモハメ

2023年4月15日　第一刷発行

［著者］懺悔

［イラスト］Suruga

［発行人］日向 晶
［発行］株式会社メディアソフト
〒110-0016 東京都台東区台東4-27-5
TEL：03-5688-7559 / FAX：03-5688-3512
http://www.media-soft.biz/

［発売］株式会社三交社
〒110-0015 東京都台東区東上野1-7-15 ヒューリック東上野一丁目ビル3F
TEL：03-5826-4424 / FAX：03-5826-4425
http://www.sanko-sha.com/

［印刷］中央精版印刷株式会社
［カバーデザイン］柊 椋（I.S.W DESIGNING）
［組版］大塚雅章（softmachine）
［編集者］印藤 純

定価はカバーに表示してあります。

乱丁・落本はお取り替えいたします。三交社までお送りください。ただし、古書店で購入したものについてはお取り替えできません。

本書の無断転載・複写・複製・上演・放送・アップロード・デジタル化は著作権法上での例外を除き禁じられております。

本書を代行業者等第三者に依頼しスキャンやデジタル化することは、たとえ個人での利用であっても著作権法上認められておりません。

懺悔先生・Suruga先生へのファンレターはこちらへ
〒110-0016 東京都台東区台東4-27-5（株）メディアソフト
DIVERSE NOVEL編集部気付　懺悔先生・Suruga先生宛

本作品はフィクションであり、実在の人物・団体・地名とは一切関係ありません。
ISBN 978-4-8155-6516-9
Ⓒzange 2023 Printed in Japan

DIVERSE NOVEL公式サイト　http://diverse-novel.media-soft.jp/